亨利·詹姆斯小说系列

螺丝在拧紧

The Turn of the Screw

〔美〕亨利·詹姆斯 著
秦羽 译

人民文学出版社
PEOPLE'S LITERATURE PUBLISHING HOUSE

Henry James
The Turn of the Screw

图书在版编目(CIP)数据

螺丝在拧紧/(美)亨利·詹姆斯著;秦羽译.
—北京:人民文学出版社,2021(2022.3 重印)
(亨利·詹姆斯小说系列)
ISBN 978-7-02-014488-4

Ⅰ.①螺… Ⅱ.①亨… ②秦… Ⅲ.①长篇小说-美国-近代 Ⅳ.①I712.44

中国版本图书馆 CIP 数据核字(2018)第 189882 号

责任编辑 **卜艳冰 邱小群 骆玉龙**
封面设计 **钱 珺**

出版发行 **人民文学出版社**
社 址 **北京市朝内大街 166 号**
邮政编码 **100705**

印 制 **上海盛通时代印刷有限公司**
经 销 **全国新华书店等**

开 本 **890 毫米×1240 毫米 1/32**
印 张 **6.25**
字 数 **128 千字**
版 次 **2021 年 1 月北京第 1 版**
印 次 **2022 年 3 月第 3 次印刷**

书 号 **978-7-02-014488-4**
定 价 **55.00 元**

如有印装质量问题,请与本社图书销售中心调换。电话:010-65233595

序　一

◎李维屏

亨利·詹姆斯（Henry James，1843—1916）是现代英美文坛巨匠，西方现代主义文学运动的先驱。这位出生在美国而长期生活在英国的小说家不仅是英美文学从十九世纪现实主义向二十世纪现代主义转折时期一位继往开来的关键人物，而且也是大西洋两岸文化的解释者。自二十世纪八十年代以来，詹姆斯的小说创作和批评理论引起了我国学者的高度关注，相关研究成果层出不穷。他那形式完美、风格典雅的作品备受中国广大读者的青睐。近日得知吴建国教授与李和庆教授主编的“亨利·詹姆斯小说系列”即将由著名的人民文学出版社出版，我感到由衷的高兴，便欣然命笔，为选集作序。

亨利·詹姆斯是少数几位在英美两国文坛都拥有举足轻重地位的文学大师之一。今天，国内外学者似乎获得了这样一个共识，即詹姆斯的小说创作代表了十九世纪末开始流行于欧美文坛的一种充满自信、高度自觉并以追求文学革新为宗旨的现代艺术观。如果我们今天仅仅将詹姆斯看作现代心理小说的杰出代表或现代小说理论的创始人，这显然是远远不够的。如果我们将他的艺术主张放到宏观的西方文学革新的大背景中加以考量，将他的小说创作同一百多年前那场声势浩大的现代主义运动相联系，那么我们不难发现，詹姆斯的创作成就、现代小说理论体系以及他在早期现代主义运动中的引领作用，完全奠定了他在现代世界文坛的重要地位。正如与他同时代的著名小说家约瑟夫·康拉德所说："凭借其作品和力量，詹姆斯是一位艺术的英雄。"著名诗人T.S. 艾略特也曾感慨地说过："随着福楼拜和詹姆斯的出现，（传统）小说已经宣告结束。"我以为，詹姆斯小说的一个最重要的特征也许是他的国际视野。他所追求的国际视野不仅体现了他早期现代主义思想的开拓性，而且也成为第一次世界大战前后一批自我流放的现代主义者追踪国际文化和艺术前沿的风向标。君不见，詹姆斯创建的遐迩闻名的"国际主题"（the international theme）在大力倡导文化交流、文明互鉴、探索"人类命运共同体"的今天依然具有重要的启示作用。

"亨利·詹姆斯小说系列"分别收录了詹姆斯的六部长篇小说、四部中篇小说和两部共由十八个高质量的故事组成的短篇小说集。《一位女士的画像》《华盛顿广场》《鸽翼》《金钵记》《专使》和《美国人》等长篇小说不仅代表了詹姆斯创作的最高成就，而且早已步入了世界经典英语小说的行列。《螺丝在拧紧》《黛西·米勒》《伦敦围城》和《在笼中》等中篇小说以精湛的技巧和敏锐的目光观察了那个时代的生活，而詹姆斯的短篇小说则像一个个小小的摄像头对准各种不同的场合，生动记录了欧美社会种种世态炎凉、文化冲突以及现代人的精神困惑。毋庸置疑，这套詹姆斯小说选集的作品是经编选者认真思考后精心选取的。

"亨利·詹姆斯小说系列"的出版为我国的读者提供了一个

全面了解詹姆斯的创作实践、品味其小说艺术和领略其语言风格的契机。我相信，这套选集的问世不仅会进一步提升詹姆斯在我国广大读者中的知名度，而且会对国内詹姆斯研究的发展产生积极的影响。

2018 年 1 月于上海外国语大学

开创心理现实主义小说先河的文学艺术大师

——“亨利·詹姆斯小说系列”序二

◎吴建国

一　引　言

“我们在黑暗中奋力拼搏——我们竭尽全力——我们倾情奉献。我们的怀疑就是我们的激情，而我们的激情则是我们的使命。剩下的就是对艺术的痴迷。”亨利·詹姆斯短篇小说《中年岁月》里那位小说家在弥留之际的这句肺腑之言，也是亨利·詹姆斯本人的座右铭。

詹姆斯的创作凝结着厚重的历史理性、人文精神和诗学意义，他的主题涵盖大西洋两岸的人们在社会、历史、文化、伦理、婚姻乃至意识形态等诸多方面的交互影响和碰撞，即所谓“国际题材”。他殚精竭虑地探索的问题是：什么是真实的生活，什么是理想的生活，更为重要的是，如何在艺术上再现这种生活。他强调人性、人情、人道，以及人的感性、灵性、诗性对人类生存的重要意义。在刻画人物的内心世界和社交活动时，常运用边界模糊甚至互为悖反的动机和印象展现人物的精神风貌，通过“由内向外”的描写反映变幻莫测、充满变数的大千世界和人的生存价值。他的叙事艺术和语言风格独树一帜，笔意奇崛，遣词谋篇精微细腻，具有高度的实验性，对人物、情节和场景的描摹颇具印象派绘画的特性，甚而有艰涩难解、曲高和寡之嫌。他是欧美现实主义向现代主义创作转型时期重要的小说家和批评家，是美国现代小说和小说理论的奠基人，是开创二十世纪西方心理现实主义小说先河的文学艺术大师。他曾三度（一九一一年、一九一二年、一九一六年）获诺贝尔文学奖提名，并于一九一六年获得英王乔治五世授予的功绩勋章。他卷帙浩繁的著作、博大精深的创作思想和追求艺术真理的革新精神，对二十世纪崛起的西方现代派乃至后现代派文学具有深远的影响。

二　亨利·詹姆斯小传

亨利·詹姆斯于一八四三年四月十五日出生在纽约市华盛顿广场具有爱尔兰和苏格兰血统的名门世家。他的祖父威廉·詹姆斯（William James，1771—1832）于美国独立战争之后不久从爱尔兰移民美国，凭借自己的努力成为纽约州奥尔巴尼市赫赫有名的银行家和投资家。他的父亲老亨利·詹姆斯（Henry James Sr.，1811—1882）继承了其父的巨额遗产，是一位富有睿智、性情豁达的哲学家、神学家和作家，是美国超验主义哲学家兼诗人拉尔夫·爱默生（Ralph Waldo Emerson，1803—1882）和哲学家兼诗人和散文家亨利·梭罗（Henry David Thoreau，1817—1862）等大文豪的知心好友。他的母亲玛丽·沃尔什（Mary Robertson

Walsh，1810—1882）出身于纽约上流社会的富裕人家。他的哥哥威廉·詹姆斯（William James，1842—1910）是美国著名心理学家、教育家和实用主义哲学的创始人，是二十世纪初最具影响力的哲学家和“美国心理学之父”。他的妹妹艾丽斯·詹姆斯（Alice James，1848—1892）是日记作家，以其发表的众多日记而闻名遐迩。

由于老亨利·詹姆斯信奉“斯威登堡学说”[①]，认为传统教育模式不利于个性发展，应当让子女得到世界性教育，亨利·詹姆斯幼年时的教育主要是在父母和家庭教师的指导下进行的，后来又经常跟随父母往返于欧美两地，偶尔就读于奥尔巴尼、伦敦、巴黎、日内瓦、布洛涅、波恩、纽波特、罗德岛等地的学校，并在父亲的带领下面见过狄更斯和萨克雷等英国大作家。詹姆斯自幼便受到欧洲人文思想和文化环境的熏陶，且博闻强识，尤其注重吸收科学和哲学理念，这使他从小就立下了要从事文学创作的远大志向。在一八五五年至一八六〇年举家旅欧期间，他们在法国逗留时间最长，詹姆斯得以迅速掌握了法语。詹姆斯早年说英语时略有口吃，但法语却说得非常流利，从此不再结巴。

一八六〇年，他们从欧洲返回美国，居住在纽波特。詹姆斯开始接触法国文学，系统阅读了大量法国文学作品。他尤其喜爱巴尔扎克，称巴尔扎克为“最伟大的文学大师”。巴尔扎克的小

---

① 斯威登堡学说（Swedenborgianism），瑞典科学家和神学家伊曼纽尔·斯威登堡（Emanuel Swedenborg，1688—1772）所倡导的新的宗教思潮，认为每一个人都必须在不断悔过自新的过程中积极地彼此相互合作，从而获得个人生活和精神的升华。

说艺术对他后来的创作影响甚大。一八六一年秋，詹姆斯在一场救火事件中腰部受伤，未能服兵役参加美国南北战争。这次腰伤落下的后遗症在他一生中仍时有发作，使他怀疑自己从此丧失了性功能，因而终身未娶。一八六二年，他考入哈佛大学法学院。但他对法学不感兴趣，一年后便离开了哈佛大学，继续追求他所钟情的文学事业。此时，他与威廉·豪威尔斯（William Dean Howells，1837—1920）、查尔斯·诺顿（Charles Eliot Norton，1827—1908）、安妮·菲尔兹（Annie Adams Fields，1834—1915）等美国文学评论家和作家交往甚密。在他们的鼓励和引导下，詹姆斯于一八六三年开始撰写短篇小说和文学评论，作品大都发表在《大西洋月刊》《北美评论》《国家》《银河》等大型文学刊物上。

他的第一部长篇小说《看护》（*Watch and Ward*）于一八七一年开始在《大西洋月刊》连载，经过他重新修润后，于一八七八年正式出版。这部小说描写主人公罗杰·劳伦斯如何收养幼女诺拉，将她抚养成人，最后娶她为妻的艳情故事：罗杰是波士顿有闲阶层的富豪，诺拉的父亲兰伯特因生活所迫，曾向他借钱以解燃眉之急，却遭到了他冷漠的拒绝。兰伯特在隔壁房间自杀身亡，罗杰深感懊悔，收养了他的女儿诺拉。诺拉时年十二岁，体质羸弱，模样也很难看。在罗杰的悉心照料下，诺拉很快成长起来。罗杰想把她抚养成人后让她做自己的新娘。岂料，诺拉出落成如花似玉的美少女后，却被另外两个男人疯狂追求：一个是风流成性、心怀叵测的乔治·芬顿，另一个是罗杰的表弟、虚伪的牧师休伯特·劳伦斯。涉世未深的诺拉经历了一系列富有浪漫色彩的冒险之后，终于上当受骗，落入芬顿设下的圈套，在纽约身陷囹圄。罗杰在危急关头挺身而出，挽救了诺拉，两人终成眷属。

《看护》展现了詹姆斯早期朴直率性的写作风格和他对言情小说的喜爱。这部小说的情节看似错综复杂、扑朔迷离，但对诺拉由丑小鸭成长为美天鹅的发展过程写得过于平铺直叙，对卑鄙下流的恶棍芬顿的刻画显然囿于俗套，故事的叙事进程也平淡无奇，甚至不乏隐晦的色情描写，皆大欢喜的结局也缺乏应有的审美张力。詹姆斯一八八三年在选编他的作品选集时，不愿把《看护》收录其中。但小说却把艳若天仙的美少女诺拉刻画得栩栩如生、魅力四射，令人赏心悦目，对纽约社会底层生活场景的描摹也入木三分，显示出作者对社会和伦理问题细致入微的关注。小说的语言也优美流畅、睿智幽默，富有诗情画意，深得读者喜爱。《看护》预示着一位文学大师即将横空出世。

由于发现美国太讲究物质利益，缺乏文化底蕴，不利于艺术创新，詹姆斯于一八六九年离开美国，开始了他人生第一次在海外自我流放的生活。在一八六九年至一八七〇年间的十四个月里，他游历了伦敦、巴黎、罗马等欧洲大都市。一八六九年侨居在伦敦时，他结识了约翰·拉斯金、狄更斯、马修·阿诺德、威廉·莫里斯、乔治·爱略特等英国著名作家和文学评论家，与他们过从甚密。此外，他还与麦克米伦等出版机构建立了长期的合作关系，由出版商先预付稿酬分期连载他的作品，而后再结集成书出版。鉴于这些分期连载的小说主要面向英国中产阶级的女性读者，出版商希望他创作出适合年轻女性阅读口味的作品。尽管必须满足编辑部提出的种种苛求，但他在创作中仍坚持严肃的主题和审美标准。此时的詹姆斯虽然蛰居在伦敦的出租屋里，却有机会接触政界和文化界的名流雅士，常去藏书量丰富的俱乐部与朋友们交谈。在此期间，他结交了亨利·亚当斯（Henry Brooks Adams，1838—1918）、查尔斯·盖斯凯尔（Charles George Milnes Gaskell，1842—1919）等欧美学者和政要。在遍访欧洲各大都市期间，他对罗马尤为喜爱，想在罗马做一名自食其力的自由作家，后来成了《纽约先驱报》驻巴黎的特约记者。由于事业不顺等原因，他于一八七〇年回到纽约市，但不久后又重新返回伦敦。一八七四年至一八七五年间，他发表了《大西洋两岸随笔》（*Transatlantic Sketches*，1875）、《狂热的朝香者和其他故事》（*A Passionate Pilgrim and Other Tales*，1875）、长篇小说《罗德里克·赫德森》（*Roderick Hudson*，1875），以及若干中短篇小说。在这一阶段，他的作品具有美国小说家纳撒尼尔·霍桑的遗响。

《罗德里克·赫德森》写成于詹姆斯侨居罗马的那段日子里。詹姆斯自认为这才是他真正意义上的第一部长篇小说。这是一部心理成长小说（Bildungsroman），描写血气方刚、才华横溢、豪情满怀的美国马萨诸塞州年轻的法学生、雕塑爱好者罗德里克·赫德森如何在意大利迷失在各种情感纠葛、物欲诱惑，以及理性与现实的矛盾和冲突之中，渐渐走向成熟，后又死于非命的故事。小说以罗马为背景，以生动的笔触描写了这座名人荟萃的艺术大都会的社会风貌、文化气息、人情世故和美不胜收的雕塑艺术馆，鞭辟入里地揭示了欧美两地价值观的冲突，探讨了金钱与艺术、爱情和精神追求之间的关系。小说中所塑造的欧洲最美丽的姑娘克里斯蒂娜·莱特，后来又再次成为他的长篇小说《卡萨玛西玛王妃》（*The Princess Casamassima*，1886）中的女主人公。

一八七五年秋，詹姆斯离开伦敦前往巴黎，居住在位于塞纳河左岸的拉丁区。在此期间，他结识了福楼拜、屠格涅夫、莫泊桑、左拉、都德等大作家，与他们结下了深厚的友谊。在巴黎生活了一年之后，他于一八七六年再次返回伦敦。在此后的四十年里，除了偶尔返回美国和出访欧洲外，他大都生活在英国。他勤于思索，对文学艺术已有自己独到的见解，且潜心于笔耕，保持着旺盛的创作势头，写出了长篇小说《美国人》（*The American*，1877）、《欧洲人》（*The Europeans*，1878），评论集《论法国诗人和小说家》（*French Poets and Novelists*，1878）、《论霍桑》（*Hawthorne*，1879），以及《国际插曲》（*An International Episode*，1878）等一系列中短篇小说。一八七八年出版的中篇小说《黛西·米勒》（*Daisy Miller*）奠定了他在文学界的崇高声望。这部小说之所以在大西洋两岸引起巨大轰动，主要是因为小说所着力刻画的女主人公的行为举止和个性特征已经大大超出当时欧美两地传统的社会准则和伦理规范。他的第一部重要长篇代表作《一位女士的画像》（*The Portrait of a Lady*，1881）也创作于这一时期。

一八七七年，他首次参观了好友盖斯凯尔的家园、英国什罗普郡的文洛克寺。这座始建于公元七世纪的古寺历尽沧桑的雄姿及其周围的广袤原野激发了他的创作灵感，寺内神秘的浪漫气氛和寺院后宁静修远的湖泊，成了他日后所创作的哥特式小说《螺丝在拧紧》(*The Turn of the Screw*，1898）的基本背景和素材。在这一时期，詹姆斯仍遵循法国现实主义小说家，尤其是左拉的创作思想和叙事风格。霍桑对他的影响已日渐减弱，取而代之的是乔治·爱略特和屠格涅夫。他自己的创作思想和艺术风格业已日渐成熟。一八七九年至一八八二年间，詹姆斯相继发表了长篇小说《一位女士的画像》、《华盛顿广场》(*Washington Square*，1880）和《信心》(*Confidence*，1880)，游记《所到各地图景》(*Portraits of Places*，1883)，以及《伦敦围城》(*The Siege of London*，1883）等中短篇小说，这些作品大多为"国际题材"小说。

一八八二年至一八八三年间，詹姆斯遭受了数次痛失亲朋好友的打击：他母亲于一八八二年病逝，他父亲也于数月后离世。他们家族的老友和常客、著名思想家和文学家拉尔夫·爱默生也于一八八二年逝世。他的良师益友屠格涅夫于一八八三年与世长辞。

一八八四年春，詹姆斯再次离开伦敦前往巴黎，常与左拉、都德等作家在一起切磋交谈，并结识了法国著名自然主义小说家龚古尔兄弟。詹姆斯似乎暂时放下了"美国与欧洲神话"，开始潜心研究法国现实主义和自然主义文学，发表了他的文学评论集《论小说的艺术》(*The Art of Fiction*，1884)。一八八六年，他出版了描写波士顿女权主义运动的长篇小说《波士顿人》(*The

Bostonians）和以伦敦无政府主义者的革命故事为题材的长篇小说《卡萨玛西玛王妃》。这两部社会小说融合了法国自然主义文学的思想倾向和叙事方法，但当时的评论界和图书市场对这两部作品的接受状况并不令人满意。在这一时期，詹姆斯不仅博览群书，而且结交了欧美文坛诸多卓有建树的文学艺术家，不少人成了他的知心好友，如英国小说家兼诗人罗伯特·史蒂文森（Robert Louis Stevenson，1850—1894）、旅欧美国画家约翰·萨金特（John Singer Sargent，1856—1925）、旅欧美国女小说家兼诗人康斯坦斯·伍尔森（Constance Fenimore Woolson，1840—1894）、英国诗人兼文学评论家埃德蒙·高斯（Sir Edmund Gosse，1849—1928）、法国漫画家兼作家乔治·杜·莫里哀（George du Maurier，1834—1896）、法国小说家兼文学评论家保罗·布尔热（Paul Bourget，1852—1935）等人，并与美国女作家伊迪丝·华顿（Edith Wharton，1862—1937）保持着长期的友谊，还发表了文学评论集《一组不完整的画像》（*Partial Portrait*，1888）。

一八八九年冬，詹姆斯开始着手翻译都德的著名三部曲《达拉斯贡的达达兰历险记》（*Les Aventures prodigieuses de Tartarin de Tarascon*，1872）中的第三部《达拉斯贡港》（*Port Tarascon*）①。这部译著于一八九〇年开始在《哈泼斯》连载，被英国《旁观者周刊》誉为“精品译作”，并由桑普森出版公司于一八九一年在

① 这部小说主要描写达拉斯贡人被取消宗教团体所激怒，决定到澳大利亚建立一个以达拉斯贡命名的移民区，却遇到了一连串的困难和阻挠。小说中所塑造的主人公达达兰是一个虚荣心很强、爱好吹牛的庸人，是对无能而又好大喜功的法国社会风气的辛辣讽刺。

伦敦出版。十九世纪八十至九十年代末，詹姆斯曾数次跨过英吉利海峡，在法国、德国、奥地利、瑞士等欧洲国家搜集创作素材。一八八七年，他在意大利居住了很长一段时间。他的著名中篇小说《反射器》(*The Reverberator*，1888）和《阿斯彭文稿》(*The Aspern Papers*，1888）即写成于这一年。

除上述作品外，詹姆斯在这一时期发表的主要作品还有：短篇小说集《三城记》(*Tales of Three Cities*，1884)，中篇小说《大师的教诲》(*The Lesson of the Master*，1888)，短篇小说集《伦敦生活及其他故事》(*A London Life and Other Tales*，1889)，长篇小说《悲惨的缪斯》(*The Tragic Muse*，1890)，短篇小说《学生》(*The Pupil*，1891)，短篇小说集《活生生的东西及其他故事》(*The Real Thing and Other Tales*，1893)，短篇小说集《结局》(*Terminations*，1895)，短篇小说《地毯上的图案》(*The Figure in the Carpet*，1896)、《尴尬》(*Embarrassment*，1896)，长篇小说《波英顿的珍藏品》(*The Spoils of Poynton*，1897)、《梅芝知道的东西》(*What Maisie Knew*，1897）等。尽管詹姆斯在这一时期仍遵循以左拉为代表的法国自然主义文学流派的表现手法，但他更关注社会和政治问题，作品的基调和主题思想更接近都德的小说。他的创作在这一时期的突出特点是：中短篇小说较多，而且在多方面、多维度进行实验，他认为这种叙事方法更适合于传达他的艺术观。但这些作品当时并没有得到评论界的好评，销路也不佳。于是，他开始尝试剧本创作。一八九〇年至一八九五年间，他一连写出了《盖伊·多米维尔》(*Guy Domville*）等七个剧本，上演了两部，但都不太成功。这使他从此对剧本写作心灰意冷。然而戏剧实践却为他后来的小说创作提供了戏剧表现手法、场景布设安排以及书写人物对话的技巧。

一八九七年至一九一四年，詹姆斯从伦敦搬迁至英国东南部萨塞克斯郡风景秀丽的海滨小镇莱伊（Rye），居住在他自己出资购置的古色古香的兰姆别墅①，在这里潜心创作，写出了他构思精巧、极具艺术张力的名篇《螺丝在拧紧》和中篇小说《在笼中》（*In the Cage*，1898）。一八九九年至一九〇一年间，他出版了长篇小说《左右为难的时代》（*The Awkward Age*，1899）、《圣泉》（*The Sacred Fount*，1901）和短篇小说集《软边》（*The Soft Side*，1900）。一九〇二年至一九〇四年间，他连续发表了三部具有开创意义的心理分析小说：《鸽翼》（*The Wings of the Dove*，1902）、《专使》（*The Ambassadors*，1903）和《金钵记》（*The Golden Bowl*，1904），以及若干中短篇小说，如《丛林猛兽》（*The Beast in the Jungle*，1903），短篇小说集《更好的一类》（*The Better Sort*，1903）等。

一九〇四年，詹姆斯应邀回到美国，在全美各高校讲授巴尔扎克等法国作家及其作品，并在《北美评论》《哈泼斯》《双周书评》等文学刊物发表了一系列文学评论和杂文。他的《美国景象》（*The American Scene*）于一九〇五年至一九〇六年陆续在《北美评论》等杂志连载了十章，并于一九〇七年结集成书出版。《美

---

① 如今，这座别墅已归英国国家信托基金会管辖，成为英国“作家博物馆”。

国景象》真实记录了他一九〇四年至一九〇五年在美国的观感，严厉抨击了他亲眼所见的处于世纪之交的美国狂热的物质至上主义、世风日下的伦理价值体系和名不副实的社会结构，以及种族和政治等问题，引发了广泛的批评和争议。他在这本书中所论及的美国移民政策、环境保护、经济发展、种族与地区冲突等热点话题，至今仍有可资借鉴的现实意义。一九〇六年至一九一〇年间，他的游记《意大利时光》(*Italian Hours*，1909)、长篇小说《呐喊》(*Outcry*，1910)以及若干中短篇小说也相继发表在《北美评论》等文学刊物上。此外，他还亲自编辑出版了“纽约版”二十四卷本《亨利·詹姆斯作品选集》。他为书中的几乎每一篇(部)作品都撰写了序言，追溯了每一部小说从酝酿到完成的过程，并对小说的写法进行了严肃的探讨。这些序言既是他的“审美回忆”，也是富有真知灼见的理论阐述。一九一〇年，他哥哥威廉·詹姆斯去世，他回国吊唁，但不久后再次返回英国。由于他在小说创作理论和实践上所取得的突出成就，哈佛大学于一九一一年授予了他荣誉学位，牛津大学于一九一二年授予了他荣誉文学博士称号。自一九一三年开始，他撰写了三部自传：《童年及其他》(*A Small Boy and Others*，1913)、《作为儿子和兄弟的札记》(*Notes of a Son and Brother*，1914)和《中年岁月》(*The Middle Years*，1917)①。

一九一四年第一次世界大战爆发后，詹姆斯做了大量宣传

---

① 这部未完成自传与亨利·詹姆斯发表于1893年的短篇小说《中年岁月》同名，在他去世一年后出版。

鼓动工作支持这场战争。由于不满美国政府的中立态度，他于一九一五年愤然加入了英国国籍。一九一六年，英王乔治五世亲自授予他功绩勋章。由于过度劳累，健康每况愈下，数月后突发中风，后来又感染了肺炎，詹姆斯于一九一六年二月二十八日在伦敦切尔西区溘然长逝，享年七十三岁。按照他的遗嘱，他的骨灰被安葬在美国马萨诸塞州的剑桥公墓，墓碑上铭刻着“亨利·詹姆斯：小说家、英美两国公民、大西洋两岸整整一代人的诠释者”。一九七六年，英国政府在伦敦威斯敏斯特教堂的“诗人墓园”为他设立了一块纪念碑，以缅怀他的丰功伟绩。

三　屹立在欧美文学之巅的经典小说家

詹姆斯辛勤耕耘五十余载，发表了二十二部长篇小说、一百一十二篇中短篇小说、十二个剧本，以及多篇（部）文学评论和游记等作品。他的小说大多先行刊载在欧美重要文学刊物上，经他亲自修润后，再正式结集成书。他精通小说艺术，笔调幽默风趣，人物塑造独具匠心，心理描写精微细腻，作品中蕴含着深厚的历史理性和人文情怀，是欧美现代文学史上最伟大的小说家之一。我们精心选取翻译的这六部长篇小说、四部中篇小说和两辑短篇小说，是詹姆斯在他漫长、多产的文学生涯中不同时期所创作的最具代表性的优秀作品，希望我国读者对这位多才多艺的文学巨匠有更深入、更全面的认识和了解。

（一）长篇小说

《美国人》是詹姆斯第一部成功反映“国际题材”的长篇小说，描写英俊潇洒、襟怀坦荡、不善交际的美国富豪克里斯托弗·纽曼平生第一次游历巴黎时亲身经历的种种奇遇和变故。小说以纽曼对出身高贵、年轻漂亮的寡妇克莱尔·德·辛特雷夫人由一见钟情到热烈追求，到勉强订婚，直至幻想破灭、孑然一身返回美国的过程为主线，深刻揭示了封闭保守、尔虞我诈、人心险恶的欧洲与朝气蓬勃、乐观向上、勇于开拓创新的美国之间的差异和冲突。纽曼在亲眼见证了欧洲文明灿烂美好的一面和阴暗丑陋的一面之后，终于明白，欧洲并不是他所期望的理想之地。

《美国人》是一部融合了喜剧和言情剧元素的现实主义小说。作者以优美鲜活的笔调和起伏跌宕的情节将巴黎的生活图景和世相百态淋漓尽致地展露在读者眼前。故事虽然以恋爱和婚姻为主线，但作者并没有刻意渲染两情相悦的性爱这一主题。纽曼看中克莱尔，只是因为她端庄贤淑，非常适合做他这样事业有成的富豪的配偶。至于克莱尔与她第一任丈夫（比她年长很多）之间究竟发生过什么，读者并不知情，作者也未过多描写她对纽曼的恋情。小说中唯有见钱眼开的诺埃米小姐是性感迷人的女性，但作者对她的描写也较含蓄，且多为负面。即使按维多利亚时代的伦理准则来看，詹姆斯在性爱问题上如此矜持的态度也令人困惑不解。美国公共电视网一九九八年再次将《美国人》改编拍摄为电视剧时，在剧情中添加了纽曼与诺埃米、瓦伦汀与诺埃米的性爱场面。

詹姆斯创作这部小说的初衷原本是为了回应法国剧作家小仲马的《外乡人》[1]，旨在告诉读者：美国人虽然天真无知，但在道德情操方面远高于阴险奸诈的欧洲人。小说中所塑造的主人公纽曼是一位充满自信、勇于担当、三十岁出头的美国人，他的诚实品格和乐观精神代表着充满活力、蓬勃向上的美国形象，因而深受历代美国读者的青睐。纽曼与克莱尔的弟弟瓦伦汀·德·贝乐嘉之间的友谊描写得尤为真挚感人，作者对巴黎上流社会生活方式的描摹也栩栩如生，令人回味无穷。在当今语境下读来，《美国人》依然散发着清新的艺术魅力，比詹姆斯的后期作品更易接受。

《一位女士的画像》是詹姆斯早期创作中最具代表意义的经典之作，描写年轻漂亮、活泼开朗、充满幻想的美国姑娘伊莎贝尔如何面对一系列人生和命运的抉择，最终受骗上当，沦为老谋深算的奸宄之徒的牺牲品的悲情罗曼史。伊莎贝尔在父亲亡故后，被姨妈接到了伦敦，并继承了一大笔遗产。她先后拒绝了美国富豪卡斯帕·古德伍德和英国勋爵沃伯顿的求婚，却偏偏看中了侨居意大利的美国“艺术鉴赏家”吉尔伯特·奥斯蒙德，不顾亲友的告诫和反对，一意孤行地嫁给了他。但婚后不久，她便发现，丈夫竟然是个自私、贪财、好色、心胸狭窄的猥琐小人，“就像花丛中隐藏起来的毒蛇”，奥斯蒙德与她结婚只是为了得到

---

① 小仲马剧作《外乡人》（*L'Étrangère*，1876）中所展现的美国人大多为缺少教养、粗野无礼、声名狼藉的莽汉。

她所继承的七万英镑的遗产。她继而又发现，他们这桩婚姻的牵线人梅尔夫人原来是奥斯蒙德的情妇，还生了一个女儿（潘茜），而且梅尔夫人和奥斯蒙德正在密谋策划利用伊莎贝尔把潘茜嫁给沃伯顿。伊莎贝尔阻止了他们的阴谋。她本可逃出陷阱，因为沃伯顿和古德伍德仍深爱着她，但她还是强忍内心的痛苦，对外人隐瞒了自己不幸的婚姻，毅然返回了罗马。

《一位女士的画像》展现的依然是詹姆斯历来所关注的欧美两地的文化差异和冲突，并深刻探究了自由、责任、爱恋、背叛等伦理问题。天真无邪、向往自由和高雅生活的伊莎贝尔尽管继承了一大笔遗产，却没能躲过工于心计的奥斯蒙德和梅尔夫人设下的圈套，最终失去了自由，“被碾碎在世俗的机器里”①。故事的结尾尤为引人深思：伊莎贝尔在得知真相后仍毅然返回罗马的举动，究竟是为了信守婚姻的诺言而做出的高尚的自我牺牲，还是为了兑现她对潘茜所作的承诺，要拯救她所疼爱的这个继女脱离苦海，然后再与奥斯蒙德离婚？这个悬念给读者留下了无限的思索空间。

在这部小说中，詹姆斯将心理分析推向了新的高度。他将大量笔墨倾注在人物的内心世界，着重描写人物的理想、愿望、思绪、动机、欲望和冲动，人物的行为则是这些思想和意识活动的结果和外化，人与人之间的关系和故事情节的发展变化也是通过这一中心人物的思维活动表现出来的。读者只有在伊莎贝尔彻底

① 董衡巽：《美国文学简史》，北京：人民文学出版社，2003 年，第 141 页。

认清她丈夫的本质后，才对奥斯蒙德和梅尔夫人的真实面目有了全面的了解，而伊莎贝尔也在层层递进的内省和反思中获得了对周围世界的感知，在心理和性格上逐渐走向了成熟。詹姆斯对人物内心世界的探索（尤其在第四十二章中）采用的是理性的内心独白，既没有突兀的变化，也没有时空倒错，不同于后来的意识流写法。此外，他善用精湛的比喻来描绘人物的心理，这些比喻十分贴切，具有艺术形象的完整性，而且与故事情节密切联系，优美流畅的语言和对欧洲风情的生动描写也使经受过詹姆斯冗长文体考验的读者格外喜爱这部小说。如果说詹姆斯是心理现实主义小说的创始人，那么《一位女士的画像》则是心理现实主义小说的典范。

《**华盛顿广场**》主要讲述的是憨厚、温柔的女儿凯瑟琳与她那才气横溢、感情冷漠的父亲斯洛珀医生之间的分歧和冲突。小说以第三人称全知叙事视角审视了凯瑟琳的一生。凯瑟琳是一个相貌平平、才智一般、纯洁可爱的姑娘，始终生活在与她最亲近的人的利己之心的团团包围之中：她的恋人莫里斯·汤森德只觊觎她的万贯家财；她的姑妈只会爱管闲事地乱点鸳鸯谱；她的守护神父亲则用讽刺挖苦和神机妙算来回报女儿对他的热爱和钦佩之情。故事以凯瑟琳出人意表地断然将莫里斯拒之门外而告终。

《华盛顿广场》是一部结构紧凑的悲喜剧。故事最辛辣的讽刺是英明干练、功成名就的斯洛珀医生对莫里斯的准确评判，以及他为保护涉世未深的爱女而阻挠这桩婚事所采取的严厉措施。倘若斯洛珀看不透莫里斯是个游手好闲的恶棍，他骗财骗色的行为未免会落于俗套。斯洛珀虽然头脑敏锐，智略非凡，但自从他那美丽聪慧的妻子去世后，他就变成了一个冷漠无情、清心寡欲的人。凯瑟琳终于渐渐成熟起来，能实事求是地看待自己的处境：从她自己的角度来看，在她的人生经历中，重要的事实是莫里斯·汤森德玩弄了她的爱情，还有她的父亲隔断了她爱情的源泉。没有什么能够改变这些事实，它们永远都在那儿，就像她的姓名、年龄和平淡无奇的容貌一样。没有什么能够消除错误或者治愈莫里斯给她造成的创伤，也没有什么能够使她重新找回年轻时代对父亲怀有的情感。她虽不及父亲那样出色，但她学会了擦亮眼睛看世界。

《华盛顿广场》张弛有度的叙事技巧、晓畅优雅的语言风格、对四个主要人物形象鲜明的刻画，历来深受读者喜爱，甚至连围绕着"遗嘱"而展开的老套、简单的故事情节都盎然有趣，耐人寻味。凯瑟琳由百依百顺成长为具有独立精神和智慧的女性的过程，是这部小说的一大亮点，赢得了评论家和读者的普遍赞誉。尽管詹姆斯自己对这部小说不太满意，没有将它编入"纽约版"《选集》，但它一直是詹姆斯最脍炙人口的佳作之一，曾多次被改编拍摄成舞台剧、电影和电视剧。

《**鸽翼**》描写的是一场畸形的三角恋爱。女主人公米莉·西雅尔是一位清纯美丽的美国姑娘，是庞大家族巨额财产的唯一继承人，因身患不治之症来欧洲求医和散心。英国记者默顿·丹什和凯特·克罗伊是一对郎才女貌、倾心相爱的英国情侣。因苦于没钱而不能成婚，凯特竟策划并唆使默顿去追求米莉，以图在她死后继承遗产。米莉在得知他们的阴谋后在意大利凄凉去世，但她在临终前还是原谅了他们，把全部财产给了默顿。事实上，默顿在米莉高尚品质的感化下已逐渐悔悟，虽然继承了米莉的遗产，却无法再与凯特共同生活下去。这部扣人心弦的小说揭示了人在面对爱情与金钱、真诚与背叛、生与死等伦理问题时所经受的严峻考验和他们最后的抉择。

《鸽翼》是詹姆斯后期作品中最受欢迎的经典之一。小说通过对人的内心世界深入细致的剖析，尤其是米莉对围绕在她身边的各色人物所具有的感化力，将男女主人公塑造得活灵活现、真实可感，令人不得不紧张地关注他们各自的命运和归属。米莉丰富细腻的心理活动，很像多愁善感的林黛玉，米莉客死他乡的场景与林黛玉魂归离恨天的情景也颇为相像，凯特也颇似工于心计的薛宝钗。据说连素来不太喜欢詹姆斯作品的英国名作家弗吉尼亚·伍尔夫也对这部小说十分青睐，一口气读完了《鸽翼》，并因此大病一场[①]。美国“现代文库”于一九九八年将《鸽翼》列为“二十世纪百部最佳英语小说”第二十六位。

《**金钵记**》是詹姆斯后期作品中最受评论界关注的“三部曲”之一。小说以伦敦为背景，描写一对美国父女与他们各自的欧洲配偶之间错乱的人伦关系，全面透彻地审视了婚姻、通奸等伦理问题。故事中这位腰缠万贯、中年丧偶的美国金融家和艺术品收藏家亚当·魏维尔和他的独生女玛吉都具有十分高尚的道德情

① 刘海平、王守仁:《新编美国文学史》(第二卷)，上海：上海外语教育出版社，2002年，第84页。

操，而且心地纯洁，处事谨慎。他们在欧洲分别结婚后，却发现继母夏洛特和女婿阿梅里戈（破落的意大利王子）之间早就存在不正常的关系。父女两人不露痕迹地解决了这个矛盾：亚当把妻子带回美国；阿梅里戈发现自己的妻子具有这么多的美德，从此对她相敬如宾。小说高度戏剧化地再现了婚姻生活中令人难以承受的各种重压和冲突，颂扬了这对父女在自我牺牲中所表现出的哀婉动人的单纯和忠诚。

《金钵记》的篇名取自《圣经·旧约全书·传道书》第十二章：银链折断，**金罐**破裂，瓶子在泉水旁损坏，水轮在井口破烂，尘土仍归于地，灵仍归于赐灵的上帝。传道者说，虚空的虚空，凡事都是虚空。[①] 从广义上说，《金钵记》是一部教育小说：玛吉由幼稚纯真的少女逐渐成长为精明强干的女性，并以巧妙的手段解决了一场随时有可能爆发的婚姻危机，因为她已清醒地认识到自己不能再依赖父亲，而应承担起成年人应尽的职责；阿梅里戈虽然是一个见风使舵、道德败坏的欧洲破落贵族，但他由于玛吉忍辱负重地及时挽救了他们的婚姻而对妻子敬重有加；亚当尽管蒙在鼓里，但他对女儿的计策心领神会，表现得非常明智；夏洛特原为玛吉的闺蜜，是一个美丽迷人、自作聪明的女性，但她最终却不再泰然自若，反而变得利令智昏。詹姆斯对这四个人物特色鲜明的刻画，尤其对玛吉和阿梅里戈意识活动深刻、精湛的描述和分析，赋予了这部小说以强烈的艺术感染力和对幽闭恐

---

① 《圣经·旧约全书·传道书》第 12 章第 6—8 节。

怖症的特殊感受。故事中的许多场景和人物对话均显示出詹姆斯最成熟的叙事艺术，能给读者带来情感冲击力和美学享受。美国“现代文库”于一九九八年将《金钵记》列为“二十世纪百部最佳英语小说”第三十二位。

《**专使**》是一部颇有黑色幽默意味的喜剧，是詹姆斯后期重要代表作之一，描写主人公兰伯特·斯特雷特奉其未婚妻纽瑟姆夫人之命，前往巴黎去规劝她“误入歧途”的儿子查德回美国继承家业的过程。斯特雷特来到欧洲，完全被“旧世界”的文化魅力所打动，继而发现查德与其情人玛丽亚的交往并不像他母亲所说的那样有伤风化，查德在这位法国女人的影响下，已由粗鲁的少年成长为举止儒雅、文质彬彬的青年。这位“专使”非但没有劝说查德回国，反而谆谆嘱咐他“不要错过机会”，继续在法国“尽情地生活下去”。这与斯特雷特所肩负的使命和查德母亲的愿望恰恰相反，于是，她又增派了几个专使来到巴黎，其中一个是能够吸引查德的美少女，第二批专使似乎能完成这一使命。最后，斯特雷特只身返回了美国。

如果说《鸽翼》和《金钵记》颂扬的是美国人的单纯、真诚和慷慨大度，表现了美国人的道德情操远胜于欧洲人的世故奸诈，那么《专使》的主题则相反，表现的是具有深厚文化素养的欧洲人远胜于庸俗、急功近利、物质利益至上的美国人。詹姆斯在“纽约版”前言中称《专使》是他“从各方面讲都最完美的作品”，这不仅就主题思想而言。这部小说始终贯彻了詹姆斯著名的“视角”（Point of View）论，以斯特雷特的“视角”展开，以这位“专使”为“意识中心”，其他人物的性格特征和故事的发展进程都通过他的视野呈现出来，作者则隐身在幕后，读者的了解和感悟跟随着这个中心人物的了解和感悟。这种写法突破了传统小说的“全知叙事视角”，对二十世纪的小说创作产生了很大影响。《专使》也突出表现了詹姆斯的文体特色：句子结构形式多样，比喻和象征俯拾皆是，人物的对话富有戏剧意味，但詹姆斯在力求精细、准确地反映内心深处的思想感情的同时，文句也越写越冗长，附属的从句和插入的片语芜杂曲折，读者须细细品味，方可厘清来龙去脉，揣摩出蕴藏在字里行间的悬念和韵味。《专使》自出版以来，一直深受评论家的广泛关注。美国“现代文库”于一九九八年将这部小说列为“二十世纪百部最佳英语小说”第二十七位。

（二）中篇小说

《**黛西·米勒**》是詹姆斯的成名作，描写清纯漂亮、活泼可爱的美国姑娘黛西·米勒在欧洲游历、最终客死他乡的遭遇。黛西天真烂漫、热情开朗，然而她不拘礼节、落落大方地出入于社交场合和与男性交往的方式，却为欧洲上流社会和长期侨居欧洲的美国人所不能接受，认为她“艳俗”“轻浮”，“天生是个俗物”。但故事的叙述者、爱慕黛西并准备向她求婚的旅欧美国青年温特伯恩却对“公众舆论”不以为然。黛西死后，温特伯恩参加了她的葬礼，并了解到黛西虽然与“不三不四”的意大利人来往，但她本质上是一个纯洁无瑕、心地善良的好姑娘。小说真实展现了欧洲风尚与美国习俗之间的矛盾冲突，鞭辟入里地揭露了任何传统文化中都司空见惯的种种偏见，并力图对所谓的品德教养做出公正的评判。

《黛西·米勒》既可视为对一个怀春少女的心理描写，又可视为对社会传统观念的深入分析，不谙世故的黛西其实就是“社会舆论”的牺牲品。小说将美国人的天真烂漫与欧洲人的老于世故进行了对比，以严肃的笔调审视了欧美两地的社会习俗。小说优美流畅的语言代表着詹姆斯早期的文体特色，男女主人公的名字也具有象征意义：黛西（Daisy）原意为“雏菊”，象征“漂亮姑娘”，故事中的黛西也宛如迎风绽放的鲜花，无拘无束，洋溢着青春的气息，而温特伯恩（Winterbourne）的原意是“间歇河，冬季多雨时节才有水流而夏季干涸的小溪”。鲜花到了冬季便香消陨灭，黛西后来果然在温特伯恩与焦瓦内利正面交锋之后不久在罗马死于恶性疟疾。詹姆斯虽然一生未婚，却很擅长写女性，对女主人公的形象和心理的描写非常娴熟。这部小说一出版便赢得了空前广泛的赞誉，成为后来各类小说选集的首选作品之一，并多次被改编拍摄为电影、广播剧、电视剧和音乐剧。

《伦敦围城》描写一位向往欧洲文明的美国佳丽试图通过婚姻跻身于英国上流社会的坎坷经历。故事的女主角南希·黑德韦是个野心勃勃、意志坚定、行事果敢的女子，尽管有过多次结婚、离婚的辛酸史，但她依然风姿绰约，性感迷人，是“得克萨斯州的大美人”。她竭力掩盖自己不堪回首的往事，施展各种手段向英国贵族阶层发起了一次次进攻，终于俘获了涉世未深的英国贵族青年亚瑟·德梅斯内的爱情。德梅斯内的母亲始终怀疑这个未来的儿媳是个“不正经的女人”，千方百计地想查清她的身世和来历。然而知道内幕的人只有南希的美国朋友利特尔莫尔，但他对此讳莫如深，没有泄露她不光彩的隐私。南希向来对人生的各种机缘持非常现实的态度，而且一旦认准目标就勇往直前。她深知亚瑟是她跻身欧洲上流社会的最后机会，便处心积虑地实施着她的既定计划。亚瑟终于正式与她订婚，两人即将走向婚姻的殿堂。

《伦敦围城》是詹姆斯早期作品中优秀的中篇小说之一。作者以幽默的笔调讽刺了英国上流社会的生活方式和浮华之风，展现了思想开放的美国人与封建保守的英国人之间的道德和文化冲突。故事画龙点睛的一大看点是：尽管利特尔莫尔自始至终都在维护南希的名声，对她的罗曼史一直守口如瓶，但他最终还是出人意料地向德梅斯内夫人透露了实情。他这样做只是想给傲慢、势利的英国贵族阶层一记具有爱国情怀的沉重打击，但他并没有明说，也非心怀歹意，他只是告诉德梅斯内夫人，即使她知道了真相，也于事无补。

《**在笼中**》是一篇构思奇崛的中篇小说，故事的女主人公是一个不具姓名的英国姑娘，在伦敦闹市区的一家邮政分局担任报务员。她的工作地点虽为“囚笼”般的发报室，但她常常可以从顾客交给她发报的措辞隐晦的电文中破译出他们不可告人的隐私，窥看到上流社会各种鲜为人知的风流韵事。久而久之，这位聪慧机敏、感情细腻、记忆力超强、想象力丰富的报务员终于发现了一些她本不该知道的秘密，并身不由己地“卷入”了别人的爱情风波。她最终同意嫁给她那个出身于平民阶层的未婚夫马奇先生，是她对自己亲身体验过的那些非同寻常的事件深刻反省的结果。

《在笼中》所塑造的这位女主人公堪称詹姆斯式的艺术家的翻版：她能从顾客简短含蓄的电文里捕捉到常人难以察觉的蛛丝马迹，从中推断出他们私生活的具体细节，并以此为线索，勾勒出一个个错综复杂、内容完整的故事，这与詹姆斯常根据他从现实生活中捕捉到的最幽微的启发和联想创作出鲜活有趣的小说的本领颇为相似。这篇故事的主题并不在表现阶级冲突，而在于女主人公终于认识到，上流社会的青年男女也都是活生生的人，并不像她在廉价小说中所看到的那么美好。作者通过对这位不具姓名的报务员细致入微、真实可感的描绘，准确传神地再现了一个劳动阶层女性的形象，并对她寄予了深厚的同情，赢得了读者和评论家们的普遍赞誉。《在笼中》的叙述手法与《螺丝在拧紧》有异曲同工之妙，但对女主人公的塑造更立足于现实生活。

《**螺丝在拧紧**》是一篇悬念迭起、令人毛骨悚然的哥特式小说。故事的主体是一个不知姓名的年轻家庭女教师生前遗留的手稿，由一个不具姓名的叙述者听朋友讲述这份手稿引入正题。这位家庭女教师在其手稿中记述了自己如何在一幢鬼影幢幢的乡村庄园与一对恶鬼周旋的恐怖经历。她受聘来到碧庐庄园照料迈尔斯和芙洛拉这两个小学童，却看到两个幽灵时常出没于这幢充满神秘气氛的古庄园。她怀疑这对幽灵就是奸情败露、已经死去的男仆昆特和前任家庭女教师杰塞尔的亡魂，意在腐蚀、毒害这两个天真无邪的孩童。随着怀疑的加深，她继而又发现两个幼童似乎与这对恶鬼有相互串通的迹象，她自己也撞见过这两个恶鬼，这使她越发相信，事情已经到了危急关头。但女童芙洛拉却矢口否认见过女鬼杰塞尔，而且显然已精神失常，只好被送往她在伦敦的叔叔家去。家庭女教师为了护佑男童迈尔斯在与男鬼昆特交锋时，却发现这孩子已经死在了她的怀里。

《螺丝在拧紧》是詹姆斯最著名的一部哥特式小说或志怪故事。在这部小说中，詹姆斯再次对他笔下女主人公的心理和意识活动进行了深入细腻的探究，家庭女教师所看到的鬼魂其实是她在意乱情迷之中所产生的一系列幻象，并试图把这些幻觉强加给她周围的人。詹姆斯素来对志怪小说情有独钟，但他并不喜欢传统文学作品中囿于俗套的鬼怪形象。他描写的鬼魂往往是对日常现实生活中奇异诡谲的现象的延伸，具有强大的艺术张力，能够使读者有身临其境之感，甚至能左右读者的心灵。在叙事手法上，詹姆斯突破传统写法，采用了一个“不可靠叙事者”，拉近了作者、作品和读者三者之间的距离，书中所留有的许多空白可让读者根据其自身的人生经历和阅读体验去填补，因而故事可以有不同的解释。这也是这部小说自出版以来一直备受各派评论家争议的原因之一。

（三）短篇小说

詹姆斯认为中短篇小说是一种“无比优美”的文学样式。能否把多元繁博的创作思想和内容纳入这种少而精的叙事类型，简约凝练地再现出人类千姿百态的生活场面和深藏若虚而又波澜壮阔的内心世界，无疑是对作家诗学功力的一种考量或挑战。詹姆斯在他漫长的文学生涯中一直都在孜孜以求地探索中短篇小说的写作技艺，他的艺术造诣和所取得的成就几乎达到了前无古人的高度，并对后来的作家产生了深远的影响。此外，他的中短篇小说往往也是对他的长篇小说的印证或补充，大都先行发表在欧美大型纯文学刊物上，再经他反复修润、编辑后，才汇集成册出版。

我们选译的这十八篇短篇小说均为詹姆斯在不同时期所创作的具有代表性的名篇佳作。就故事性而言，这些短篇小说有的以情节取胜，有的则以描写人物的心理和意识活动见长；在主题思想上，这些篇目有的歌颂圣洁的爱情和人性的美德，有的描写美国人与欧洲人在文化修养和价值取向上的巨大差异，有的讽刺和批判欧洲上流社会的世俗偏见和势利奸诈；有的揭示成人世界的罪恶对纯真烂漫的儿童产生的不良影响或摧残，有的反映作家或艺术家的孤独以及他们执着追求艺术真理的献身精神，有的刻画受过高等教育而富有情操的主人公在左右为难的困境中表现出的虚弱和无能为力，有的描写理想与现实、物质与精神之间难能取舍的困惑；在艺术表现手法上，这些作品有的洗练明快、雅驯幽默，有的笔锋犀利或刚柔并济，有的则细腻含蓄、用典玄奥、繁芜复杂，甚而有偏离语言规范之嫌。这些短篇小说与他的长篇小说交相辉映，体现了詹姆斯的创作题材和叙事风格的多样性、实验性和现代性，表现了他对社会生活和时代特征的整体性透视与评价，每一个具体场景的展现都确切灵动地反映了他对人的本性和生存环境的洞察力和他所寄予的关怀，能使读者获得启迪和美的享受。

四　亨利·詹姆斯批评接受史简述

毫无疑问，亨利·詹姆斯是欧美现代作家群体中写作生涯最长、著述最丰厚也最具影响力的一位文学巨匠。但长期以来，他的作品及其影响主要在受过良好教育、趣味高雅的读者和评论家范围内，不如马克·吐温那样雅俗共赏。学术界对他也各执其说，莫衷一是。

詹姆斯去世后，美国有些左翼批评家对他的创作活动颇有诟病，尤其不赞成他晚期作品中的思想倾向，认为他的小说是美国垄断资产阶级的精神产物，他的创作素材主要取自他所熟悉的上层社会，他的作品大多描写的是新兴的美国富豪及其子女在欧洲受熏陶的过程。美国传记作家兼文学批评家布鲁克斯在赞许詹姆斯的艺术成就的同时，也对他长期侨居欧洲、最终加入英国国籍的做法大为不满，认为他的后期作品佶屈聱牙、左支右绌，是由于他长期脱离美国本土所致[①]。但美国文学评论家豪威尔斯则认为詹姆斯是“新现实主义文学流派的杰出代表……他在小说艺术上与狄更斯和萨克雷为代表的英国浪漫传统分道扬镳，创立了他自己独具一格的样式”[②]。英国文学批评家利维斯极为赞赏詹姆

---

① Van Wyck Brooks: *The Pilgrimage of Henry James*，New York: E.P. Dutton & Company，1925，p.vii.

② Paul Lauter：*A Companion to American Literature and Culture*，MA: Wiley-Blackwell，2010，p.364.

斯的《一位女士的画像》和《波士顿人》，并称赞他是“举世公认、成就卓著的小说家”[①]。詹姆斯独特的语言风格，尤其是他后期繁缛隐晦、欲说还休的叙事话语，历来是评论家们众说纷纭的话题。例如，英国小说家E.M.福斯特就极不赞成詹姆斯在作品中对性爱和其他颇有争议的问题过于谨慎的处理方法，对他后期过分倚重长句和大量使用拉丁语派生词的做法也不以为然[②]。王尔德、伍尔夫、哈代、H.G.威尔斯、毛姆等英国作家也都批评过他空泛而又细腻的心理描写和艰涩难懂的文风，甚至连他的红颜知己伊迪丝·华顿也认为他的作品中有不少片段令人不堪卒读[③]，但斯泰因、庞德、海明威、菲茨杰拉德等美国作家却对他称赞有加。美国文学评论家埃德蒙·威尔逊认为：“倘若我们撇开题材和体裁的迥然不同，把詹姆斯同十七世纪的戏剧家们相比，我们就能更好地欣赏他的作品，他的文学观和表现形式与拉辛、莫里哀，甚至莎士比亚是相通的。”[④]英国小说家康拉德则盛赞他是“描写优美、富有良知的史学家”[⑤]。

英国当代著名语言学家利奇和肖特以詹姆斯的短篇小说《学生》为例，深入讨论了他的作品的思想性和文体艺术特色，发现“詹姆斯更关注人的生存价值和相互关系……似乎更愿意使用非常正式、从拉丁语派生出来的语汇……詹姆斯的句法是奇特的，

① Frank Raymond Leavis: *The Great Tradition*, New York: New York University Press, 1969, p.155.
② E.M. Forster: *Aspects of the Novel*, London: Penguin Books, 1980, pp.153—163.
③ Edith Wharton: *The Writing of Fiction*, New York: Scribner's, 1998, pp.90—91.
④ Lewis Dabney, ed. *The Portable Edmund Wilson*, London: Penguin Books, 1983, pp.128—129.
⑤ 《中国大百科全书·外国文学》第二卷，北京：中国大百科全书出版社，1982 年，第 1241 页。

同时也是有意义的，需要联系作者对心理现实主义的关注加以评估。作者试图捕捉‘丰富、复杂的心理时刻及其伴随条件’……詹姆斯对不定式从句的使用尤其引人瞩目……由于不定式从句的所指往往不是事实，所以詹姆斯更多地用来编制心绪之网的，并不是已知的事实，而是可能性和假设”[①]。他们对詹姆斯文体风格的精湛分析同样也适用于评析他的其他作品。

事实上，自美国“第二次文艺复兴”，尤其是“新批评”流派出现后，评论界已开始重新认识詹姆斯，给予了他很高的评价，尊奉他为“作家中的作家”，是心理现实主义小说大师，是过渡到现代主义文学的一座桥梁。就思想性而言，詹姆斯在创作中的价值取向始终是颂扬人的善良与宽容，始终把优美而淳厚的道德品质和自由精神置于物质利益甚至文化教养之上。从艺术创作角度说，他一反当时盛行的粉饰和美化生活的浪漫小说，把人性的优劣和善恶作为对比，探索人的心理活动的复杂性。他的作品反映了具有深厚文化教养的知识分子的人文主义倾向，而不是人们所熟悉的对劳苦大众的人道主义同情。他的语言风格与他所要表现的内容、与他本人的思想境界和审美取向也是一致的，他力求以这种方式精微、准确、恰如其分地揭示和反映人的心灵深处最真实的思想和情感。如今，人们对这位文学大师的研究兴趣仍在与日俱增。

---

① Geoffrey N.Leech and Michael H.Short：《小说文体论：英语小说的语言学入门》(*Style in Fiction: A Linguistic Introduction to English Fictional Prose*)，北京：外语教学与研究出版社，2001 年，第 97—111 页。

五　继往开来的一代宗师

亨利·詹姆斯的创作上承欧美现实主义、自然主义和超验主义，下启欧美现代主义，是现代文学史上继往开来的一代宗师。他不仅精通小说艺术，而且致力于小说艺术的革新。他创造性地拓展了传统小说的表现形式，使小说叙事实现了由“物理境”（Physical Situation）向“心理场”（Psychological Field）的转入，成功开辟了小说创作的新天地，同时也在现代小说的叙事方法和语言风格上烙上了他独特的印记。他破解了旅欧美国人的神话，并以工细的笔触将这种神话具象化地再现在他众多的“国际小说”中。他通过对人的内心世界和意识活动的深湛分析和描摹，为读者创造了一个心理现实与客观现实交互映射的艺术世界。

詹姆斯不仅是一位卓越的小说家和语言艺术家，也是一位富有真知灼见的文学批评家。他强调文学创作要坚持真善美的统一。他主张作家在表现他们对历史和现实的看法时应当享有最大限度的自由。他认为小说文本首先必须贴近现实，真实再现读者能够心领神会的生活内容。在他看来，优秀的小说不仅应当展现（而不是讲述）动态的社会风貌和生活场景，更重要的是，应当鲜活有趣、引人入胜，能使读者获得具有美学意义的阅读快感。他倡导作家应当运用艺术化的语言去挖掘人的心理和道德本性中最深层的东西。他认为一部作品的优劣与否，完全取决于作者的优劣与否。他在《论小说的艺术》等一系列专论中提出的很多富有创造性的观点丰富和发展了欧美文学创作和文学批评，具有重要的理论意义和深远影响。他率先提出并运用在自己的创作实践中的“意识中心”论、“叙事视角”、“全知视角”、“不可靠叙事者”等文学批评术语，已成为当代叙事学的组成部分。我们在当今文化语境下重读詹姆斯的作品，更能深切体味到这位文学大师的创作观、人文情怀、审美取向、伦理精神，以及他独特的语言艺术的魅力，并能从中参悟人生，鉴往知来。

2019 年 2 月 15 日

翻译底本说明

中篇小说《螺丝在拧紧》于一八九八年一至四月间以连载形式首次发表于美国《科利尔周刊》(*Collier's Weekly*)，同年十月被收入《两个魔法》(*The Two Magics*）一书，分别由威廉·海涅曼出版公司（William Heinemann）和麦克米伦出版公司（Macmillan Company）在伦敦、纽约两地出版。“美国文库”版亨利·詹姆斯全集在收录本小说时采用了英国版。

楔子

那个故事，使我们围炉取暖的几个人个个听得目瞪口呆，连大气也不敢出。有人说故事令人毛骨悚然，其实在圣诞节前夕，在一所古屋里面讲述的鬼故事，是应该引起这种反应的。此外，我记得任何评论都没有，直到有人顺口说起，这类小孩被鬼魂造访的故事，他还是生平第一次听说。我在这里顺便说一下这个故事吧。就在和我们现在聚会地点不相上下的一座古屋里，有一个形状恐怖至极的鬼魂竟在一个小男孩的面前出现。这个孩子在惊骇万分之下，便把和他同睡的母亲推醒，结果母亲还没有打消他的恐惧、抚慰他重新睡去，就也看到那个把孩子吓得肝胆欲裂的鬼魂了。

上面所说的那个感想，却从道格拉斯嘴里引出一番话来——不在当时，而是当天晚上——言外之意非常耐人寻味，使我大为关注起来。另外有人讲了一个不十分摄人心神的故事，我看出道格拉斯并没有倾耳细听。我认为是他自己也有故事要一吐为快，而我们只需耐心等候便是了。事实上，我们一直等到了两天以后的一个晚上，虽然在当晚散会以前，他已经略微道出他的心思了。

“格里芬所说的鬼魂——暂且不管它是鬼还是别的东西——竟在一个孩子面前显形，尤其是孩子的年龄又那么小，所以使这个故事更加扣人心弦，这一点我是完全同意的。不过据我所知，这类奇事牵涉小孩子的，这也不是唯一一桩。如果一个小孩子就能使故事更加扣人心弦的话，那么如果有两个小孩子……你们看怎样？”

“两个孩子当然加倍扣人心弦啰！”有人回答他，“我们倒很想听听这个故事。”

道格拉斯当时站在炉前的姿态我现在还历历在目，他早走到那里背对火站着，两手插在衣袋里，居高临下地看着向他问话的人说：“到现在为止，除了我以外没有第二个人知道这件事，简直太恐怖了！”这当然引起好几个声音说：“这样才更有价值。”我们的朋友于是胜券在握地用眼睛扫射了我们大家一遍，然后继续说道：“这个故事盖过了一切，我所知道的故事没有一个可以和它相提并论。”

“是在哪一方面不能和它相提并论？是恐怖的程度吗？”我问道。

道格拉斯似乎想说并非我所说的那么简单，可是又搜索枯肠，实在找不到一个恰当的形容词。于是他用手擦了擦眼睛，皱起了眉头，愁眉苦脸地说道：“是它恐怖的——恐怖的程度。”

“多够劲啊！”一个女人叫道。

他没有理会她，只看着我，可是又仿佛他看见的不是我，而是他所说的那个东西。“那里面不可思议的邪恶、恐怖和痛苦，是别的故事万万比不上的。”

他转过身去面对着火，踢了一下里面的一根柴，看了半晌，又回过身来面对着我们。

“我不能现在就讲，我得先写信到城里去把它取来。”这使众人异口同声地发出失望的呼声，还有许多埋怨的话。过后，他用若有所思的神态解释道：“故事是写出来的，放在一个上了锁的抽屉里，已经有几年没有拿出来了。我可以写信给我的管事，把钥匙给他寄去，他找到那些文稿就会给我送来的。”这番解释似乎是专门对我而发的，仿佛在寻求外来的力量使自己不要犹疑不决。事实上，他已经打破了多少个冬天所积下的厚冰——保持缄默如此之久，他有他的理由。其他人讨厌拖延，可是使我着迷的却正是他这点迟疑。于是我请求他把信由第一班邮次寄出，然后请他答应我们的要求，让我们早日听到整个故事。最后我问他，这段往事是不是他的亲身经历，对于这个问题他回答得很快：

“可不是我，谢天谢地！”

“那么这个记录是你做的啰，是你记下来的吗？”

“我记下来的只是一个印象。我把印象存在这里，”他拍了拍自己的心脏，“从来不曾失去过。”

“那么你的底稿……”

“墨水已经因年代久远而褪了色，笔迹非常秀丽，”他又在故弄玄虚了，“是一个女人的笔迹，她已经死了二十多年了！她在临死前把这些文稿寄给了我。”众人现在都开始侧耳细听，当然免不了有人说一两句俏皮话，至少已经有人下过结论了。道格拉斯对这些结论不发一笑，可是他也并没有着恼。“她是一个非常可爱的女人，不过比我大十岁，是我妹妹的家庭教师，”他静静道来，“她是我所认识的家庭教师里面最和蔼可亲的一个，其实她是配做任何工作的。那是很久以前了，而这段往事还要早得多。当时我在圣三一学院读书，第二年夏天，我回去度假时在家里认识了她。我在家里住了很长时间，记得那年天气特别晴朗，在她空闲的时候，我们常常在花园里一面散步一面聊天。我发现她非常聪明，心地非常善良——用不着笑，我的确很喜欢她，而且我一直到现在还私自庆幸她也很喜欢我，否则她也不会把这个故事讲给我听了。她对其他人都没有说过，这并不是她自己这样说，而是我知道她确实没有对别人讲过，这点我相信我看得出来。等你们听完这个故事以后，就容易判断何以如此了。”

“是因为这个故事太恐怖了吗？”

他继续盯住我看。“你会很容易判断出来的，你一定可以！”

我也盯住他，一步不肯放松。“我明白了，她是在恋爱！”

他第一次发笑。“你很机灵，不错，她是在恋爱，我的意思是说她曾经恋爱过，这个她也说出来了，因为不说出来她就没法讲出她的故事。我看出来了，她也知道我看出来了，可是我们谁也没有正面提起过。我记得时间和地点，那是一个冗长而炎热的下午，在草地的一角，那棵又高又大的榉树荫影下，这些都不是令人战栗的情景，可是，哦……”他离开了火炉，回到他的椅子上坐下。

“你星期四早晨就可以收到那些文稿了吧？”我问他。

“也许要等第二班邮次。”

“那么等吃过晚饭后……”

“你们都在这里和我见面？”他一个一个地打量了我们一番，“不是有人要走了吗？”他的语调几乎充满了希望。

“所有人都住下来，不走了。”

“我不走了，我不走了。”那些行期已定的太太小姐喊着，格里芬太太表示还想多知道一点。

“她和谁恋爱呢？”

“故事里会交代的！”我自告奋勇地回答。

“我简直恨不得现在就听完那个故事！”

“故事里不会交代的，”道格拉斯说，“不会用任何现实和粗俗的方式交代出来的。”

“那太可惜了！我能理解的只有这种方式。”

“你到底肯不肯讲啊，道格拉斯？”另外有人问道。

道格拉斯突然站了起来。“肯的……明天。现在我要去睡觉了！晚安。”他很快拿起一支蜡烛离我们而去，弄得大家有点莫名其妙。我们从那个古铜色大厅的一头听着他上楼的脚步声。这时候格里芬太太说道：“嘿，我要是不知道和她恋爱的人是谁，我至少知道那个‘他’是谁！”

“她比他大十多岁呢。”她的丈夫说。

“这更是个理由，他在那个年龄，只会更喜欢比他年纪大的。不过他保持缄默这么些年，这点倒相当不错。”

“整整四十年。”格里芬先生补充说。

“最后总算打破缄默了。”

“这样……”我回答，“才使星期四晚上的节目特别精彩呢。”

所有人都同意我的话，因此也不再往下研究了。不管那个故事怎样不完整，至少一个像连载小说开场白那样的东西已经讲过了。我们握过手就各自回房安歇了。

第二天，我得知有一封附着一把钥匙的信由第一班邮次寄到了道格拉斯在伦敦的寓所。就是因为这个消息散布了开来，所以我们在吃晚饭以前谁都没有去打扰他，一直到晚上最合乎我们期望中那种情绪的某个时辰。那次他居然畅所欲言到令我们满意的程度，并且把他何以如此的原因也告诉了我们。

在客厅里的火炉前，我们再度听他述说一切，那情景和引起我们淡淡的好奇心的前一晚一般无二。其实要对他答应讲给我们听的这个故事有个正确了解的话，似乎有先听一个简短说明的必要。让我在这里先交代清楚，不再另赘。这个故事在很久以后被我抄录了下来。我现在要讲的，就是来自这个手抄本。可怜的道格拉斯在自知不久于人世的时候，把这些文稿托付给了我。当时他是在第三天收到这些文稿的，然后在第四天晚上，他神气十足地朗诵给我们这个鸦雀无声的小团体听。那些整装待发的太太小姐虽说要住下来不走，结果当然没有照做，谢天谢地。临走时据她们自己说，她们简直好奇得要命，这完全是道格拉斯的神来之笔打动了我们好奇心的缘故。不过她们这一走使他这个小小晚会的人选更加整齐了。围炉夜话，他的故事引起一种普遍的、令人毛骨悚然的感觉。

他一上来就告诉我们，这个记录开始于故事的某一点——其实故事从某一方面看来早已开场了——需要知道的是：他这个老朋友是一个乡下穷牧师的几个女儿中最小的一个。在二十岁的时候，她想出去找一份教书的工作，于是就战战兢兢地来到伦敦，亲自去应征一个聘请家庭教师的广告——事实上她和他们已经有过简短的书面来往，于是她走到哈里街一所在她印象中宽大而堂皇的房子里，去让人家看看她是否合格。

她未来的东家看上去是个上流人物，一个正处盛年的单身汉。这样一表人才的人，就从来没有在一个手足无措、坐立不安、从汉普郡来的女孩子面前出现过——在梦里或小说里除外。你可以很容易想象到他这类人的形象——幸运的就是这种人是永远不会绝迹的——他既漂亮豪放又风趣。她当然把他看成既豪迈又高尚的人，不过最使她着迷和给予她以后所表现出的勇气的，就是他把整件事情说成是一个令他感激无比的恩惠。在她眼中他是个阔绰而挥金如土的人，当然也免不了在想象中把他美化了一番——一个上流社会的红人，英俊，举止阔绰，自有一套讨女人欢心的功夫，等等。他在城里的公馆很大，装满了他旅行带回来的纪念品和狩猎获得的战利品。不过他希望她立刻动身前去的是他在乡下的一所祖居，在埃塞克斯郡。

他有一个小侄子和一个侄女，都是他在军中任职的一个弟弟的孩子。两年前，这两个孩子的父母在印度双双去世，之后他就成为他们的监护人，于是孩子们就碰巧被托付给他这样的人了——一个单身汉，既无适当的经验又毫无耐心——因此他觉得负担很重，当然这确实是件伤脑筋的事，而且在他这方面也毫无疑问犯过许多疏忽导致的错误。可是他非常怜惜这两个可怜的小东西。他曾经费尽心机为他们着想，特地把他们安置在他乡下的那所房子里——对他们而言最合适的地方自然是在乡下——而且从一开始就找最理想的人去照料他们，甚至还打发他贴身的用人去侍候他们。同时一有空闲，他就亲自去察看他们进步到什么程度了。不过难就难在这两个孩子除他以外无亲无故，而他的事务又占据了他全部的时间。他把他们安置在碧庐，是因为那里既安全，空气又好。他还替他们这小小的家庭找了一位格罗斯太太照料一切，但只限于管理仆人的事情。格罗斯太太人非常好，他相信这位小姐对她会有好感的。她以前是侍候他母亲的用人，现在做管家妇，并且暂时做那个小女孩芙洛拉的教师。这位太太自己没有儿女，所以非常疼爱这两个孩子，谢天谢地。那里有许多做事的人，这位去就家庭教师职的小姐自然是最高权威了。在放假的时候，她也须照管那个小男孩。他已经在学校读了一个学期，虽然他还不够学龄，可是不这样又怎么办呢？现在假期即将开始，他随时可能回来。以前有过一位小姐照管他们，可惜后来死了——她和他们相处得非常融洽，一直到去世为止。她是个很高尚的女子。之后他们非常为难，小迈尔斯除了被打发去上学以外，别无良策。此后格罗斯太太就在教导礼节和其他方面尽心尽力地照料芙洛拉。此外还有一个厨子、一个打扫房间的女佣、一个挤牛奶的女人、一匹老马、一个老马夫和一个老花匠，他们都很规矩。

道格拉斯讲到这里，有人提出了一个问题：“前面那个家庭教师是怎么死的？是因为过于规矩而死的吗？”

我们的朋友回答得很快：“这一点，故事里会交代的，恕不预先讨论。”

“对不起，我还以为你正在讨论这一点呢！”

“站在她后继者的位置上，”我提出，“我想知道这个职务是否会带来……”

“不可避免的生命危险吗？”道格拉斯替我说了出来，“她本人也很想知道，她最终也知道了。明天你们就可以听到她知道了一些什么。在她看来，前途自然相当的灰暗。她年轻，缺乏经验而又神经质。她看到了沉重的责任和极少的陪伴者，其实是极大的寂寞。她迟疑了，花了几天来斟酌考虑一切。可是对方提出的束脩远远超过了她谦虚的要求，所以就在第二次见面的时候，她鼓足勇气在合约上签了字。”说到这里，道格拉斯沉默了半晌。为了替大家打破沉寂，我加了一句：

“这个故事的教训就是那个仪表非凡的青年施了点诱惑，她屈服了。”

他像前晚一样站了起来向火炉走去，用脚踢了一下里面的柴棍，背着我们站了一会儿。“她只见过他两次。”

“对啊，这正是她品德崇高的地方。”

这句话一出口，道格拉斯出乎我意料地转过身来，面对着我。

“这确实是她品德崇高的地方，”他继续说了下去，“还有许多别的人就没有接受——那人把所有的困难都很坦白地告诉了她。种种条件对于很多应聘的人都是无法接受的，她们简直有点害怕。那个工作似乎非常呆板，也很奇怪，但更奇怪的是他主要的条件……”

“是……”

“就是她永远不可以去麻烦他。她不可以征求他的意见、向他诉苦，或写信报告任何事情。所有的问题都要她自己设法解决，所有的费用都由他的律师寄给她。她要接管一切，永远不要打扰他。她答应了这样做，她告诉我对方当时如释重负，高兴地紧握着她的手，因为她肯这样自我牺牲。当时她觉得她已经得到她的报酬了。”

“这就是她所有的报酬吗？”一位太太问。

“此后她再也没有见过他。”

“是吗？”那位太太说。我们的朋友这时突然离我们而去，这个“是吗”也就成了当晚我们对这个故事发表的最重要的意见。一直等到第二天晚上，在火旁的一角，道格拉斯坐在那张最舒适的椅子上，打开了一本薄薄的有着残红封面、镶着银边的老式笔记簿。他将整个故事分了好几天才讲完。那位太太一有机会就提出了一个问题。

“你的故事叫什么名字？”

“没有名字。”

“我倒有一个。”我说。可是道格拉斯没有理会我，而是开始清晰地朗读他的故事，仿佛企图把那笔迹的清丽直吹进我们的耳朵里去。

第一章

记得整个故事的开始，是情绪高涨与低落的代序。正当和非正当的冲动像一只小小的跷板一样此起彼落。我在城里兴高采烈地接受了他的聘请以后，有数日心境极坏，我发现自己又在犹疑不决中，而且确信自己已经铸成大错了。在这种情绪之下，我在一辆颠簸不定的驿车里度过了漫长的几小时。它一路载我到一个驿站，他们派车在那里接我。他们告诉我马车早已准备好了，我看见在那六月的黄昏里，一辆宽敞的轻便马车正恭候着我。在那个时间，在那种明媚的天气，我们驱车走过田野，夏日绮丽的风光仿佛在向我招手欢迎。我勇气备增。当我们转向大路的时候，映入眼帘的景致更使我松了一口气，其实这不过证明了我以前情绪过于低落而已，我想我大概预料会看到或唯恐会看到一个布满愁云惨雾的地方，结果迎面而来的景象竟使我大大地喜出望外。我记得那宽广而敞亮的房子的正面，那洞开的窗、洁净的窗帘和那一对倚窗而望的使女。我还记得那芳草地，那些颜色鲜艳的花朵。我记得我的车轮和石子铺成的路摩擦发出的声音，还有在那密密丛丛的树尖上、金黄色的天空中一面叫唤一面盘旋的乌鸦，这一切都给我留下了极其愉快的印象。眼前这幅景致，自有其雄壮动人之处，和我贫寒的家园截然不同。门前立刻出现一个彬彬有礼的妇人，携着一个小女孩向我请了一个深深的安，仿佛我是这个家里的女主人或贵客一样。我在哈里街所得到的对这所房子的印象仿佛要褊狭得多。当我想到这一层的时候，我更觉得我的东家是个极老实可靠的人，因为我实际上享受到的，要比他口头上答应的美好得多。

我在第二天以前情绪一直没有降低，我对我这个较小的学生的初步认识，使我坦然度过了以后的几小时。伴着格罗斯太太的这个小女孩，可爱得使我第一眼就觉得能和她在一起是莫大的幸福。她是我见过的最美丽的女孩子。因此我非常纳罕，为什么我的东家没有详细对我讲她。那天晚上，我睡得极少——我太兴奋了。这兴奋又是出乎我的意料，使我又惊又喜，我记得这个感觉一直存在我的心头，使我更加觉得自己享受到的待遇优厚。这个宽大而堂皇的房间是整所房子里最好的一间。那张宽而大的床——现在还仿佛一伸手就接触得到似的——那些印着花鸟人物的百褶窗帘，那面使我生平第一次能由头照到脚的落地穿衣镜，一切的一切都和那个托我照管的小孩那种可爱的地方一样，使人感觉这都是注定的。仿佛注定我从开始的时候，就能和格罗斯太太相处得非常融洽。其实为了我们的关系，我在马车里已经发愁了很久。在初步的观察下，唯一能使我望而生畏的，就是她见了我之后似乎高兴得有点过分，我觉得这个壮硕干净、头脑简单而心地善良的女人，仿佛在处处避免露出高兴过度的样子。在那个时候我就有几分奇怪，她既然高兴看见我，可是又为什么不愿意充分地表露出来呢？经过一番思考和怀疑以后，这种情形当然是极可能令我不安的。

不过值得欣慰的是，这些不安的感觉不可能和那小女孩有关。她是那么美丽，那么的光彩夺目，那天晚上，使我辗转反侧不能成寐的最大的原因，恐怕也就是她那天使般的可爱了。我记得自己在天亮以前几次起身在室内踯躅，为的就是要把这里的整个画面印进脑子里去——譬如从那洞开的窗上观看那熹微的晨光，观看那在我视野以内的房子的其他部分，以及在那即将逝去的黑暗中倾听晨鸟啁啾的声音。同时还有比这些更不平常的一两声若有若无的响动（不在外面而是在里面）。这也许是我在幻想中听到的。还有一次，我相信我听见从远处传来的一个小孩微弱的呼声，可是这些幻觉都不够显著到使我念念不忘，而只借以后所发生的事的光——或者应该说黑暗——才使我现在记起它们来。

看护、教导芙洛拉，陶冶她的品性，很明显可以使我过一种很幸福、很有作为的生活。我们在楼下就已经商量妥当，在第一天见面以后，芙洛拉就睡在我的房间里。她小小的白床已经因此而放进我的房间，因为我将要负担起来的是整个看护她的责任。她这最后一次仍是和格罗斯太太睡是因为我们考虑到，她面对一个陌生人多少会有点羞怯的。关于这一点，那孩子很坦白很勇敢，毫无不安的样子，准许我们公开讨论，而且带着拉斐尔笔下圣婴的那种可爱的宁静，听着我们道破她的这种心理，从而使我们做了这项决定。所以虽然她还很认生，可是我仍旧觉得相当有把握，她很快就会喜欢我的。吃晚饭的时候，芙洛拉围着围嘴、隔着四支蜡烛坐在我对面一把高高的椅子上，安静地吃着牛奶面包。我看出格罗斯太太心里非常高兴，因为她已经看出我对我这个学生那种奇怪的爱慕的感觉，这只不过是我喜欢格罗斯太太的原因之一而已。在芙洛拉面前，当然有许多事情我们只能用惊喜和满意的眼色、含蓄而绕圈子的暗示来表达。

“那个小男孩长得像她吗？也这么可爱得出奇吗？”

我们不能过分夸奖一个孩子。“啊小姐！太可爱了，你要是对这个满意的话……”格罗斯太太站在那里，手上拿着一只碟子，向我们的小同伴微笑。芙洛拉用天使般温和的眼睛看看她又看看我——里面没有任何要制止我们的神色。

“不错，如果我满意……”

“那么你会被那位‘小绅士’迷住的。”

“嗯，这就是我来这里的缘故，为的就是要给人迷住，”记得我还颇为冲动地加了一句，“我反正很容易着迷，我在伦敦已经被人迷住了。”

我现在还记得格罗斯太太一听之下，她那宽阔的脸上出现的表情。“在哈里街吗？”

“对，在哈里街。”

“那么小姐，你不是第一个，也不会是最后一个。”

“哦！我并没有自认为是唯一的一个，”我居然还笑得出来，“无论如何，我另外的那个学生是明天回来吧？”

“不是明天，小姐，是星期五，他和你一样坐驿车来，车上会有人招呼他，然后用家里的车去接他。”我于是问她最合适、最愉快和最友善的方式，是否是等那辆驿车抵达的时候，我带他的小妹妹到车站去接他？格罗斯太太马上欣然同意了这个提议。我立刻把她这种态度——毫不虚伪，谢天谢地——看成是一个实堪告慰的保证，使我们以后在每一个问题上都能意见一致。啊！我来了她真高兴！

我第二天所感觉到的东西，并没有打消我初来时的那种高兴，或许最多只能说是让我极其轻微地不快——我忽然对责任的重大有了更进一步的了解。当我把新环境里的一切事物摸熟、看准和映入脑海以后，我发现它的范围竟出乎我意料地广。面对着这些问题，我觉得自己重新有点害怕——也有一点自豪。正式上课的效果，由于这些烦恼作祟，当然也受到了影响。我想到我第一个责任就是用我能够运用的最温柔的手腕，使这孩子和我熟悉起来。于是我一整天都和她在花园里度过，并且告诉她，只有她才配带我去看所有的地方。这点使她非常满意，于是她一步一步地、一个房间一个房间地、一个秘密一个秘密地数给我看，一面还加上各种幼稚而有趣的解释，结果在半个钟头内，我们已经变成很亲密的朋友了。她虽然是那样的幼小，可是在我们这番小小的巡视中，她的信心和勇气竟深深地打动了我。我们走过空洞洞的卧室、光线暗淡的走廊和弯弯曲曲足以令我驻足的楼梯，就连在一座古老的、高得使我头晕目眩的方塔上，她的小鸟般的歌唱和比她的问题还要多的话题，仍旧不断引领着我。我离开碧庐以后一直没有回去过，在年纪较大、经验较多的现在的我的眼中，我敢说我对碧庐的景仰已经减少了不少。可是我的这位小女孩向导，她那金黄色的头发和天蓝色的小裙在我面前的角落里飞舞或她在走廊叽叽喳喳说话时，我仿佛看见了住在浪漫派小说宫殿里的一个玫瑰色的小精灵。眼前那般情景，在我当时年轻、富于幻想的脑子里，使所有的小说或神仙故事都黯然失色。它是不是一本使我打盹或做梦的故事书呢？不，它是一所庞大、丑陋、古旧却适用的房子，带着年代比它还要久远的建筑的诸种特点，一半住着人，一半荒废着。在里面，我幻想我们像一批在一艘漂流不定的大船上的旅客，茫然不知所措，而我竟莫名其妙地处在掌舵的位置上。

第二章

两天以后，当我和芙洛拉坐车去接格罗斯太太所说的那位“小绅士”的时候，这种情绪更加强烈了。尤其第二天晚上发生的事情，使我非常为难。第一天就如我以上所说的那样，大致还可以令我放得下心，可是到最后还是出了变化。那天晚上的邮包来得较迟，里面却有我一封信，信封上面是东家的笔迹。我发现里面只有寥寥几个字，却附有另外一封给他的信，还不曾拆开过。“这封信我看出是校长写来的，而校长是个特别讨厌的家伙。请你看他写些什么，然后想办法应付他。可是切记不要报告给我听，一个字都用不着提，我要离开这里了。”我花了很长的时间才把信封拆开，事实上我把这封未曾拆开的信带到了我的房间里，一直到上床以前才开始“攻”读，其实我应该等到早晨再看的。因为那封信使我又失眠了一夜。第二天，因为没有人可以商量，我心里感觉非常郁闷，最后实在忍受不住，于是决定至少对格罗斯太太坦白相告。

“这是什么意思？学校要打发这孩子回来了？”

她当时的神色一下引起了我的注意，随后她极明显、极迅速地变得完全没有表情了，仿佛想追回方才那个反应似的。“他们不是都……”

“都被打发回家了——一点不错，但只是为了过假期。可是迈尔斯再也不能回去了。”

在我的注视之下，她的脸红了，她心里显然是明白的。

“他们不肯收留他了？”

“他们断然拒绝了。”

她的眼睛早已转了过去，不再望着我。现在听了这句话，她才把眼皮微微抬起，我看见里面充满了善良的泪水。“他闯下什么祸了吗？”

我考虑了一番，结果认为最好还是把信给她亲自过目。谁知道这么一来，她反而忙不迭地把双手缩到身后，连接也不肯接，很难过地摇了摇头说：“小姐，这些字我可看不了。”

我的顾问居然不识字！这个错误使我连忙把手缩了回来，装作若无其事地把信打开，从头到尾给她读了一遍，然后把信叠好，重新放回衣袋里。“他的品行真的很坏吗？”

格罗斯太太的眼睛里噙满了泪水。“那些先生真的这样说吗？”

“他们没有讲详细的情形，只表示遗憾，以后绝对不能再收留他了。所以我们只能这样解释。”格罗斯太太一言不发，心绪不宁地听着我说，强自忍住不问我所说的解释究竟是什么。要找到这件事的头绪，能帮助我思前想后的只有站在那里的格罗斯太太了，于是我继续说道：“因为他是个害群之马。”

听到这里她忽然发起火来，反应之迅速，一如其他头脑简单的人。“迈尔斯少爷是个害群之马？”

我虽然没有见过这孩子，可是看见她的反应竟如此强烈，我对自己的看法也开始怀疑起来，甚至感到相当的荒谬。不过为了在这位朋友跟前不失面子起见，我索性坚持到底，于是立刻讽刺地说：“对于他那些天真无邪的小朋友来说，他的确是个害群之马！”

“太可怕了，”格罗斯太太叫道，“这话多难听啊！怎么，他还不到十岁呢！”

“是，是的，简直令人没法相信。”

她对这个回应显然非常感激。“小姐，你先看看他本人再相信这些话也不迟。”

从那时起，我就恨不得立刻见到他，这种焦急的心情与日俱增，以致后来简直发展成一种痛苦了。我看出格罗斯太太已经知道她的话在我身上发生了作用，所以她很有把握地接着说道：“你还不如相信我们的小姑娘会那个样子呢。”过了一会儿，她又补充了一句：“你瞧瞧她啊。”

我转过身去，看见芙洛拉已经在门前出现，门是敞开着的。十分钟以前我给了她一张白纸、一支铅笔和一份写满滚圆O字的习字簿，把她安置在教室里。凡是芙洛拉讨厌做的事，她总表现出一种特别的、漠不关心的态度，譬如现在，她望着我的眼睛里含着一团幼稚的光彩，仿佛在表示因为她喜欢我，所以不得不来找我似的。这一点就足以使格罗斯太太的比喻发生效力，于是我把这学生搂在怀里吻个不休，还发出了一两声充满歉意的呜咽。

不过话虽如此，那天我还是随时随地找机会接近我那位同事，尤其是在将近夜晚的时候，我已经开始幻想她在有意避开我了。我记得在下楼的时候我赶上了她，我们并肩往下走，到了底下，我把手搭在她的臂上截住了她。“你今天中午说的话，意思是不是说你从来没有听说他做过什么坏事？”

她昂起了头，很明显她已经决定好采取什么态度了。“我从来没听说过……我可并不是这个意思。”

我又开始不安了。“那么你是知道他……”

“是的，小姐，谢天谢地！”

经过一番思索之后，我接受了她的话。“你的意思是说，这个孩子从来没有……”

“在我看来，他根本不是个孩子。”

我把她抓得更紧了。“你喜欢淘气的孩子是不是？”然后为了迎头赶上她的答复，“我也是的，”我急急地说了出来，“可是不能淘气到玷污别人的程度。”

“玷污？”我的措辞使她莫名其妙。

我解释了一下。“就是带坏。”

她瞪着眼睛，让我这句话的含义慢慢渗入她的脑子里。不过这只引起她一阵奇妙的大笑。“你怕他会带坏你吗？”她这个问题问得既高明放肆又幽默，使我也笑了一阵——无疑有点近乎无聊——可是我的一腔疑虑也就在这一阵狂笑中暂时消失了。

可是第二天，将要坐车出去的时候，我又尝试从另一个角度问了她。

“这里从前的那位小姐是怎样的一个人？”

“就是从前的那个家庭教师吗？她也很年轻，也很美丽。差不多像你这么年轻，这么美丽。”

“啊，那么我希望她的年轻和她的美丽对她有所帮助，”记得我还有一句话脱口而出，“他似乎专门喜欢年轻美丽的。”

“他是这样的。”格罗斯太太同意我的看法，“这是他的脾气，喜欢每一个人都这样。”这句话一出口，她就自知失言，于是连忙补充了一句：“我的意思是说这是他的脾气，东家的。”

我精神为之一振。“可是你最先指的是谁？”

她木然毫无表情，可是脸却慢慢地红了起来。“谁？当然是他啰。”

“你说的是东家吗？”

“除了他以外还有谁？”

当时这么明显的没有第二个人，使我一瞬间就把她当时说走了嘴的神情忘得一干二净了。于是我只问她我急于知道的事。“前面的那位小姐，有没有看出这个小男孩有什么……”

“有什么不好的地方吗？她从来没有和我说起过。”

我起先还有些顾忌，可是终于被我克服了。“她为人规矩吗？”

格罗斯太太似乎尽力想说实话。“在有些地方是很规矩的。”

“不是所有的地方吗？”

她又考虑了一番。“小姐，她已经不在了。我不愿意说人家闲话。”

“我很理解你这种心情。”我连忙抢着回答。可是过了一刻，我又想出一个不违反她这项原则的问题，于是追问："她是死在这里的吗?"

"没有，她是先走的。"

我不知道格罗斯太太这句简短的答复中，有什么使我觉得她的意思有点暧昧不明！"走了以后才死的吗?"

格罗斯太太眼望窗外，可是我认为我有权利知道在碧庐做事的年轻人在这种情形之下应该怎么做才对。"你的意思是说，她病倒了所以回家去了?"

"据我看，她不是在这所房子里得的病，她在年底说要回家去度一个短假，算算她在我们这里做了这么久，自然有回去一次的权利，刚好我们那时候有一个一直在这里做事的女佣——人规矩又聪明。她在这期间就照应这两个孩子。可是我们那位小姐就一直没有回来过。我正在等待她回来的时候，就从东家那里听说她已经死了。"

我反复想了好几遍。"怎么死的?"

"他没有说起过。对不起，小姐，"格罗斯太太说，"我该去做事了。"

第三章

因为我追问与我有切身利害关系的事，她竟这样掉头而去，不过这幸好没有妨碍我们与日俱增的互相尊敬。因为在我把小迈尔斯接回家里之后，我对他的倾倒和我当时感情流露的那副样子，使我和格罗斯太太再见面时反而比以前更加亲密了。我觉得自己以前非常可恶，竟会说这样的一个孩子是被驱逐出校的。我到得较迟，马车已经在旅馆门口把他放下了，他正站在那里眼巴巴地等着我。第一眼看见他，我就觉得他和他的小妹妹一样，别有一种新鲜的光彩，一股纯洁的芬芳，简直漂亮得令人难以置信。格罗斯太太的话一点也不错——看见他之后除了有体贴他爱护他的念头以外，别的什么我都忘得干干净净了。使他即刻深入我心的是他本性中的那一点异样的秉性，是别的儿童所没有的。他有一种难以形容的气质，仿佛除了爱以外对于世事一无所知。他的名誉虽然很坏，但是看上去比他天真烂漫的孩子恐怕不可能有了。所以在我们回到碧庐之后，我对深锁在我房间某一个抽屉里的那封可怕的信开始产生怀疑，甚至感觉愤恨。因此一有机会和格罗斯太太单独谈话，我就向她宣布这简直是荒谬至极。

她立刻明白了我的意思。“你是说信里的那些坏话？”

“这些坏话根本不能成立，亲爱的，你看看他就知道了。”

她笑了。我竟自认为是第一个发现这个孩子可爱的人。

“小姐，我告诉你，我除了瞧着他以外，什么事都顾不了啦。那么……你准备怎么办呢？”她立刻补充了这么一句。

“怎么回那封信吗？”我已经打定了主意，“根本一个字也不回。”

“对孩子的伯伯呢？”

我的答复非常干脆。“一个字也不提。”

“对孩子自己呢？”

我简直好得出奇。“也一个字不提。”

她用围裙狠狠地抹了一下嘴。“那么我一定帮助你，坚持到底。”

“坚持到底。”我热烈地响应着，把手伸给了她使这句话成为誓言。

她一手拉住了我，用空着的另一只手撩起围裙，说：“小姐，我可不知道你会不会恼我，要是我放肆地……”

“吻我吗？我真不会恼呢！”我把这个好人搂在怀里。在我们像亲姐妹一般地拥抱后，我觉得更勇敢了，对那封信也更愤恨。

这种快乐不过昙花一现，可是在那段时间里我的确是非常快乐的，现在当我回忆它怎么渐渐消逝的时候，我知道我必须尽我所有的努力才能解释得清楚一点，使人易于了解。不过使我现在还百思不解的，就是我怎么会接受当时的那种环境。我答应了和我那位同事解决那里的一切困难——我一定是被什么魔法镇住了，否则我绝不会对这样一份工作所可能引起的烦恼毫不加以考虑的。我对那孩子的倾倒和怜悯使我有了飘飘然的感觉。我的自负再加上愚昧无知和事理不清，使我觉得管教这么一个刚刚开始受教育的男孩子是一件容易的事。我一直到现在还想不起来我对他暑期结束以后的学习计划究竟有过什么安排。总之，我们心想在那个可爱的夏天，所有的课程都由我教。可是我现在觉得受教育的不是他而是我自己。至少我学到的一样本事是我以前渺小而狭隘的生活中所学不到的，就是怎么自娱和娱人，还有就是过一天算一天，今天绝不为明天打算。可以说那是我第一次接触空间、空气和自由，领略所有夏天的音律和自然的奥妙。对了，还有我们彼此间的体谅，而体谅是甜蜜的。啊，对于我的想象，对于我的柔弱的个性和虚荣心，对于我本性里那一点最易激动的东西而言，这是一个陷阱，不是专为我而设的，可是极其深邃。也许使人最容易了解的就是我完全没有戒心。这两个孩子很少给我惹麻烦，性格又出奇地温柔和顺。我曾经试过推测——可是连这点回忆都是片断式的——在那个充满了艰难困苦的将来（所有的将来都是艰苦的），命运会怎么样摆布他们、打击他们。他们现在有的是健康和幸福，可是我负责管教的仿佛是一双贵族子弟，和王室子女一样，一切都必须和外界隔离和受到保护。在想象中，我把公园和花园延伸开去并告诉自己，这就是他们将来的世界。尤其重要的是，也许由于后来突然发生的事件，使得以前那段时间显得异常地静寂、可贵。在那一段静寂的时间内，好像有什么东西蜷伏着。后来的变化的确像一头野兽突然扑来一样。

最初几个星期，每天似乎特别地长。而一天中最好的那个时辰就是所谓属于我的那一个小时，也就是从我的学生吃过点心、上了床以后，到我自己最后安歇这当中的一段时间。不管我多么喜欢我的同伴们，这仍是我一天中最喜欢的一小时。最美的是当天光渐渐地逝去——或者应该说当白昼还留恋不舍地将去未去的时候，淡红色的天空里，最晚归巢的鸟儿最后几声也叫唤过了——我可以到花园里去散步，带着一种愉快的、一切属于我的心情，享受那景致的美丽与庄严。在这些时候，我感觉到心安理得，心里很快乐。也许我毫无疑问地正在想，我的拘谨、良知、高尚而正当的行为，会给那个恳求我来就职的人以极大的愉悦——如果他会想到我的话——我现在所做的，就是他恳切希望和直接要求我做的。然而我竟可以胜任，这使我喜出望外。我敢说我把自己想象成一个精明强干的少女，并且相信许多人将来也会有同样的看法，这个信念给了我很大的安慰。而且要面对不久即将出现的神奇的东西，我必须精明强干才行啊！

有一天傍晚，正是在我自己那一小时当中，两个孩子早已上了床，我出去散步。我现在绝不否认，在这些漫无目标的散步中我经常会有一个念头，就是如果能够突然遇到某个人，那准会胜过一个可爱的故事。譬如某个人在路口出现，对我点头微笑表示赞许。除了这个以外我别无所求，我只求他能够知道一切，而唯一确定他确实已经知道的办法，就是亲眼看见他那英俊的脸上泛起温柔的光彩。这个希望果然实现了——我是说那张脸。第一次，在一个冗长的六月的夜晚，我从一个农场里钻了出来，整幢房子已经映入眼帘。这时候我忽然站住了，什么东西使我驻足不前，同时给了我一个任何事物都不能给我的刺激，就是在那一刹那间，我意识到我的幻想竟然成为了事实。他真的站在那里，高高在上，在草地那边，在第一天早晨芙洛拉领我去看过的那座塔顶上。那所房子有两个这样的塔——方方的，毫不相称，墙头是锯齿形的。这两个建筑物因为某种原因有些不同，虽然我不大看得出老塔和新塔的区别来。它们屹然对立在房子的两端，也许就是建筑上的两个怪物。不过使它们还不至于太讨厌的就是它们还不是完全和房子没有关系，或高得气势凌人。它们纵然冒充古老，事实上却是浪漫派复兴时期的产物，而那个时代对于现在已经变成令人肃然起敬的过去了。至少我很欣赏它们，同时上面的墙垛非常雄伟——特别是矗立在黄昏里的时候——很容易使人神往，这样似乎对于大家都有好处。不过我时常在念想中的那个人竟在这么高的地方出现，我觉得似乎有点不大合适。

我记得那个人在清朗的薄暮中的出现，两次吓得我透不过气来：第一次使我吃了一惊，而第二次是出乎意料，因为我强烈地感觉到了第一次的错误。原来那个与我目光相触者并非我假想中的那个人。我那个时候的眼花缭乱，是这么些年后我都无法恰切地表达出来的。一个陌生男人在这么一个冷清的地方，当然是娴静的淑女害怕的对象，而那个面对着我的人——几秒钟后我更加确定，非但不是我心目中的那个人，而且根本不是我所见过的人。我在哈里街没有见过他，在别的地方也同样没有见过他。最奇怪的是就在他出现之后，那个地方仿佛立刻变成了一片荒野。当我现在用前所未有的审慎态度写下这段事实的时候，当时的感觉又全部涌上我的心头。好像当时我看见了它之后，其他所有的一切都被死亡笼罩了。写到这里，我似乎还可以听见那极度的寂静。傍晚所有的声音都消失了，在那金黄色的天空里，连乌鸦都停止了聒噪，我所珍爱的那段时间失去了它所有的声音。可是大自然并没有其他的变化，无非我所见到的事物比以前更加突出。天还是金黄色的，空气还是清新的。那个从墙垛上俯身下望的人明确得像画框里的一幅画。我用一种不寻常的速度考虑每一个他可能是而结果不是的人。我们隔着很远四目相望，时间长到足够使我迫切地问自己他究竟是谁，结果因为自己无法回答这个问题，我觉得我的惊奇更加强烈了。

我知道就某些事情而言，最重要的问题就是这种情形究竟持续了多久。那么我这件事——你喜欢怎么想就怎么想——一直持续到我想出了一打以上可能的答案，最后开始猜测家里会不会藏有一个我没有见过的人——这个念头一直持续到我想起我的地位似乎不容许我不知道有这么一个人存在，一直持续到这个不速之客——我记得他没有戴帽子这一点显示出他相当随意也相当放肆——似乎在他的地位上用魔法把我镇住了，使我在那渐渐黑下去的黄昏中，只能自问他的存在所引起的问题，尝试辨别他的面容。我们离得很远，因此不能互相呼唤，可是其中有过一个时刻我们仿佛离得很近，那时我们如果除了四目相视以外还彼此盘问，也一点不会感觉突兀的。他正站在某一个拐角上，我感到他站得非常直，两只手平放在墙头上，我当时看他就和我现在看我在这张纸上写下的字一样清楚。一分钟以后，仿佛要给我一个更深的印象，他慢吞吞地改变了自己的位置，我很强烈地感到他换位置的时候眼睛从未离开过我，他怎么样在走过去的时候把手从一个墙垛移到另一个墙垛，我现在仍历历在目。他在另一角站定了，可是没有先前那么长久，一直等他转过身去的时候，他还很明显地狠狠望了我一眼，最后转身走了。我所知道的仅此而已。

第四章

这次并不是我没有静候事情的发展，因为事实上我已经吓呆了，身体不住地震颤。难道碧庐隐藏着一个“秘密”吗？——一个奥多芙古堡[①]悬案，或是有个疯狂得不可告人的亲戚，人不知鬼不觉地在受着长期的监禁？我说不出我究竟把这件事颠过来倒过去想了多久，也说不出当时在恐惧与好奇交织之下，我在看见那人的地方站了多长时间。我只记得再度踏进屋子里的时候，天已经相当黑了。在这段时间里，我的心绪异常紊乱，在那个地方来回兜了不少圈子，所走的路加起来大概总有三里之多。不过这次受惊和以后的那几次比起来，还算是温和的。最奇怪的——以后几次也都一样——就是我回到厅里后看见格罗斯太太时的那种特别感觉，当时的情景，在我的记忆里，仍然历历在目。回家以后，我看到那四面白墙上挂着许多画像，灯烛辉煌的大厅、红色的地毯，还有我那朋友流露出来的善意和惊奇的眼色，意思是说她正盼望我回来。看见了她，我立刻觉得，她那种单纯的高兴是因为看见我回来了她才放下心的缘故。对我预备告诉她的事，她是毫不知情的。看见她那张轻松的面孔会使我勇气陡增，这点我却没有料到。我开始在心里重新估计我经历的那件事的重要性，

---

① 奥多芙古堡（Udolpho），英国小说家安·拉德克利夫创作的哥特小说《奥多芙的神秘》里的故事发生地。

同时发现自己不能决定是否应该把一切情形说给她听。我现在认为，在整个事件里最奇怪的一点就是：我自己在恐惧中还顾得上不让我这位同事知道，免得她担惊受怕。因而当时在那个气氛愉快的大厅里，在她的注视之下，为了一个连我自己都莫名其妙的原因，我完成了一次心理上的革命，只含含糊糊地告诉她夜色非常美丽，所以回来较迟。同时以露水浸湿了鞋袜为借口，我立刻回了自己的房间。

出了这么一件事，而且过了许久还是一件不可思议的事，使我每天要有几个钟头——甚至在工作当中抽出一两分钟也是好的——把自己关在房里思考一切，这并不是说我已经神经质到自己不能忍受的程度，而是我害怕会有变得这么神经错乱的一天。因为我翻来覆去再三思考的事实，就是我对那个和我莫名其妙地有密切关系的人完全找不到一个解释。其实我发现在这个家里，任何暧昧的事我都可以不用任何询问的方式或严厉的诘询就能知道得清清楚楚。我受到的那个刺激，也许使我感觉敏锐了许多，因为经过三天严密的观察后，我确定那件事绝非那些用人在和我捣鬼，或拿我当作愚弄的对象。我所知道的事，其他的人未见得知道。那么现在只剩下一个合理的解释了，就是一个陌生人做了一件既冒昧又讨厌的事。这就是我跑进自己房间里一遍又一遍告诉自己的话。我们所有人似乎都受了一番骚扰，一定是一个不识好歹的旅客对于老式的房子非常好奇，一看四下无人就溜了进来，在最好的位置上享受了一番景致之后，又从来路神不知鬼不觉地溜了出去。他当时毫不客气地注视了我半天，更可以证明他的荡检逾闲。最好的一点是，不管怎么样我们以后不会再看见他了。

我的可爱的工作，竟足以令我觉得其他的事都失去了它们的重要性，这一点我是完全承认的。我所谓可爱的工作，就是指我和迈尔斯、芙洛拉在一起的生活，我能够在困难中全神贯注于我的工作，使我对于这份工作更加喜爱。我这两个小学生的美丽对于我永远是一种快乐，令我怀疑以前种种的恐惧是否都毫无根据。我在开始的时候，曾经预料教书的工作是枯燥乏味的，现在证明绝非如此。天天和这样美丽的小孩接触的工作，怎么会不可爱呢？这里有的是教室的诗情和育婴室的画意。我不是说，我们每天只念小说和诗歌，我的意思是，我用别的字眼无法说明孩子们所引起我的那种兴趣。我怎么样才能形容得出来呢，除了说，我非但没有因为朝夕看惯他们而觉得他们没有什么稀奇，反而每天有新的发现。这对于一个做家庭教师的人来说倒是个奇迹——我可以请所有做家庭教师的人出来做证——不过这些发现只有一个方向不能发展。那个男孩在学校里的情形依旧暧昧不明。这点我认为是因为我心理上早有准备，所以才可以面对这个悬案而没有感到痛苦。不过比较接近事实的也许是因为他自己已经一言未发地把自己洗刷干净了。我从他那天真无邪的小脸上找到了我的结论。在那狭小、可恶而肮脏的学生世界里，他过于优秀、过于美好，所以付出了代价。我感到这样的与众不同，这样的高人一等，是永远会引起群众报复心理的。所谓“群众”，当然包括那些不干不净的学校教师。

这两个孩子都非常温柔，这是他们唯一的缺点——虽然这并没有使迈尔斯有女孩子气——我应该怎么说呢？这点使他们不具有个性，简直没有理由去惩罚他们。他们像故事里的小天使，至少在精神方面没有需要敲打的地方。对于迈尔斯，我特别记得有过一个感觉，就是好像他完全没有过去。我们知道一个小孩会对往事有片断的记忆，可是这个漂亮的小男孩，比与他同年的儿童更敏感、更快乐，以致我认为每天对于他都是一个崭新的日子。他从来没有受过一秒钟的苦。我认为这足以证明他从来没有受过惩戒。如果他做过坏事，那么他一定受过惩戒，而我也可以间接地看得出来——我应该可以找到痕迹。现在我既然什么痕迹都找不出来，那么他一定是个小天使了。他从来不说起他的学校，在谈话中也从来没有提过一个同伴或老师。我呢？因为不耻他们的为人，也从来没有提起过他们。当然我是受了蛊惑。最奇妙的就是，当时我心里明明知道这一点，但是我还沉湎其间。因为只有这样，我才可以忘掉我自己的痛苦，而我的痛苦实在也不止一端。我在那些日子里接到不少扰得我心神不安的信，知道家里有许多不顺意的事。可是有了这些孩子，世界上还有什么别的事情值得我烦心呢？在零碎的休息时间里，我时常思索这个问题。我被他们的美丽所眩惑了。

书归正传。有一个星期日，一连几小时大雨倾盆，到教堂去是不可能的了。白昼渐渐逝去，最后我和格罗斯太太约好，如果晚上天气好转，我们就一起去做晚礼拜。

雨幸好停了。如果穿过公园，走那条平坦的路到村子里去的话，约需二十分钟可到教堂。我准备停当，下楼走进客厅，打算和我那位同事在约定的地点见面。这时候，我忽然记起有一副脱了线的手套在我陪孩子们喝茶的时候刚刚补好，就丢在那寒冷的、一尘不染的、有着红木镶铜边家具的正式客厅里（那天因为是星期日，所以例外在那里喝茶）。于是我就走进客厅去找那副手套。天色够阴沉的，可是下午的光线仍旧逡巡未去，使我进了门不但看见我所要找的物件就在那宽阔而关闭了的窗旁边一张椅子上放着，同时又使我看到有个人正在窗子外边向里面看。跨进房间一步已经够了，我所得到的印象是直接的、完整的。那个直瞪瞪朝里看的人，就是以前在我面前出现过的那个人。他这回出现，我不能说比上次面目更清楚，因为这是不可能的，可是距离近得好像是我们的交情跨近了一大步似的，使我吓了一跳，全身发冷。他就是那个人，那个人！样子看上去也和以前完全相同，只能够看到上身，因为客厅虽然是在一楼，可是那窗并不直落阳台，而他正站在阳台上。他的脸贴近那扇窗，所以看得比较清楚，这只证明我前一次对他看得非常真切而已。他只在那里逗留了一会儿，可是尽管时间短促，他已经认出了我，他的面孔那样熟悉，就像多少年来我们不断见面似的。不过这次发生了一件新的事情。他隔着玻璃在房子外面和上次一样目不转睛地看着我，眼色一样深沉、锐利；可是这次他的眼睛离开了我一阵，而且我注意到他还看过几件别的东西。这使我立刻感受到一个新的刺激，我恍然大悟，他不是为我而来的。他是来找另外一个人。

这个意念在我心里一闪——因为这个意念是从恐惧中得来

的，所以在我身上起了异乎寻常的作用。当我呆立在那里的时候，它推动了我的责任心与勇气。我说勇气，是因为我无疑已经无所畏惧了。我立刻一个箭步跳出屋门，走出大门，转到车路上，用最快的速度穿过阳台拐了一个弯，以便看见那个怪人的全身。结果什么都没有看见，我的客人已经消失了。我停下来松了一口气，全身发软，可是我还在慢慢地观察一切。我给他重新出现的时间，可是这段时间到底有多久我到现在还说不出来。也许我已经失去了时间的概念。至少它不会有我现在所想的这么长久。那个阳台，整个的地方，那方草地和草地后面在我视野以内的花园都是空洞的，绝对空洞。那里是有些矮树和大树，可是我记得，我记得很清楚其中没有一棵树可以供他藏身。他在那里或不在那里，如果我看不见他，那么他绝对不在那里。我知道了这一层原因，就没有从来路回去，而是下意识地回到窗前，糊里糊涂地觉得我应该站在他方才站过的地方。我照做了，把脸凑近玻璃，像他一样向屋里看去，想看他方才视线以内的一切。格罗斯太太像方才我那样走进客厅。这样一来，刚刚发生的事在我眼前重演了一遍。她看见我，反应就和我方才看见那人时相似。她向后退了一步，像我刚刚一样。我给她的惊吓也和我刚刚受到的一样。她的脸变白了。这一点使我自问，我的脸是否也像她那样变白过？她瞪着眼睛看了半天，然后走了开去，和我走的路线一般无二。我知道她走出来是预备绕个圈子来找我的。我们可以碰头了。我留在那里不动，就在我等着的那段时间内，我想到许多许多的事情。只有一点是值得一书的：我奇怪她为什么会害怕。

第五章

她刚在房子转角的地方出现，就立刻说了出来："到底是怎么一回事啊？"她当时脸涨得通红，跑得上气不接下气的。

我一声不响，一直等她走到我面前方才问道："你是在问我吗？"我当时的表情一定很奇妙，"你从我的脸上看得出来吗？"

"你的脸足有纸那么白，简直白得可怕。"

我考虑了一下。她对一切情形可能一无所知，我原先不预备告诉她是为免得她担惊受怕，这在我本来是个精神上的负担，现在它从我的肩膀上一声不响地卸了下来——当时使我仍旧有些犹疑不决的并不是我以往要隐瞒的事——于是我把手伸了出去，她握住了。我轻轻地捏着她的手，有她在面前我心里得到了一点安慰，甚至在她淡淡的惊奇中我还找到了一点点精神上的支持。"对了，你是来找我去教堂的，可是我现在不能去了。"

"出了什么事吗？"

"是的，你现在非知道不可了。我看上去非常奇怪吗？"

"隔着这扇窗户，简直可怕！"

"那么，"我说，"我是给吓出来的。"格罗斯太太的眼色很明显地表露出她不愿意和我分担这件显然很麻烦的事。可是她又明白自己的责任，实在是不能不知道，不错，她必须和我分担一切是已成定局的了。"你刚才在客厅里看到的，只是我受影响后的样子，我在那以前看到的情景还要恐怖得多。”

她紧紧地握住我的手。“是什么呢？”

“一个古怪的人，正向里面看！”

“什么古怪的人？”

“我也搞不清楚。”

格罗斯太太向我们四周打量了一下，可是什么也没有看见。“那么人呢？到哪里去了？”

“我更不清楚了！”

“你从前看见过他吗？”

“嗯！见过一次，是在那座古塔上。”

她只能更使劲地盯着我看了。“你的意思是说他是一个你不认识的人吗？”

“嗯！是的。”

“可是你事后并没有告诉我。”

“没有，因为许多原因我不能告诉你，可是现在你已经猜出……”

格罗斯太太圆圆的眼睛正视着我这项指控。“啊！我还没有猜出来呢。”她很简单地说，“会不会是你幻想出来的呢？”

“绝对不是。”

“除了在塔上以外，你没有在别的地方看见过他吗？”

“还有刚才，在这个地方。”

格罗斯太太又向四周看了一遍。“他在塔上做什么？”

“他只是站在那里，朝下盯着我看。”

她想了一会儿。“他像是上等人吗？”

我发现我想也用不着想就答道：“不像！”她更加惊异了，睁大了眼。“不像的。”

“那么，不可能是家里的人或者村里的人啰？”

“不是的，不是的，我没有告诉你，可是我已私下里找过了。不是的。”

她莫名其妙地松了一口气。这个对她而言会是好消息，倒是相当奇怪，可是最多也只好了一会儿。“他要不是一个上等人……”

“他是什么？他简直是个怪物。”

“怪物？”

“他是……天哪！我真不知道他是什么。”

格罗斯太太又向四周打量了一番，然后眼睛看着那光线暗淡的远方，定了定神，转向我言不对题地说：“是时候啦，我们该去教堂了。”

“哦！我不能去了。”

“去一趟对你会有好处的。”

“对他们可没好处。”我向房子点头示意。

“对孩子们吗？”

“我现在不能离开他们。”

“你是怕……”

我勇敢地说了出来：“我是怕他。”

我从格罗斯太太宽阔的脸上第一次看透，她心里其实已经有几分明白了，我居然从她那张脸上看到一个并非我告诉她的，而且对于我自己还十分模糊的观念。现在回想起来，那时我曾立刻想到也许可以把整件事从她的嘴里套出来，因为我认为这事似乎和她想知道得更详细一点有些关系。“你上次看见他在那塔上，离现在有多少日子了？”

“大概是本月中旬，在同样的时间。”

“天差不多黑了的时候？”格罗斯太太说。

“哦，不！还没有完全黑下来，我看他就好像我现在看你一样清楚。”

“那么他怎么进来的呢？”

“那么他怎么出去的呢？”我笑了，“我没有机会问他，你知道他今天晚上没能够进来。”我继续说道。

“只向里面张望吗？”

“我希望他就到张望为止了。”她这时已经放开了我的手，微微地把身子转了过去，我等了一刻然后说了出来：“你去教堂吧，回头见，我可得守着他们。”

她又缓慢地转过身来面对着我。“你替他们害怕吗？”

我们互相注视了许久，然后我说：“难道你不替他们害怕吗？”她没有回答，只是走近那扇窗把脸贴近那块玻璃。我同时往下说道：“你现在可以看见他刚才看见的了！”

她没有动。“他在这里站了多久？”

“一直等到我出来，我是特意出来找他的。”

格罗斯太太最后转过身来，她脸上的表情极其明显。

“我要是你，我就不出来了。”

“我也不想出来，”我又笑了，“可是我到底出来了，我有我的责任。”

“我也有我的责任，”她回答道，后来又补上了一句，“他是怎么个样子？”

“我真想告诉你，可是又说不出来他到底像什么人。”

“什么人也不像？”她重复着。

“他没戴帽子。”我在她脸上看出她仿佛已经在想象里构成了一幅恐怖的图画，于是我一笔一笔为她添了上去：“他有一头红头发，很红，也很卷。面色苍白，长长的脸，五官端正，短而奇怪的胡须红得和他的头发一样。眉毛的颜色比较深，有棱有角的，好像可以挑得很高似的。他的眼睛非常锐利、非常奇怪，同时小而相当呆滞，这点我看得很清楚。嘴很阔，嘴唇很薄，除了络腮胡子以外，脸刮得很干净，他使我觉得他很像一个戏子。”

“一个戏子？”格罗斯太太在那时候也很像一个戏子。

“我从来没有看见过戏子，可我相信大概和他差不多，他身材很高，看上去好动而且挺直，”我继续说，“可是他绝不是……绝不是……一个上等人。”

在我滔滔不绝往下说的时候，我同伴的脸色已经变白了，她瞪起她的圆眼睛，咧着嘴。“一个上等人！”她一面喘息着说，一面吓得呆若木鸡，“一个上等人？就凭他？”

“那么你认识他啰？”

她显然企图控制自己。“可是他很漂亮？”

我知道应该怎么提醒她了。“非常漂亮。”

“还穿着……”

“别人的衣服，很漂亮，可不是他自己的。”

她上气不接下气地哼着，我所说的显然是对的。

“都是东家的。”

我抓住这个不放。“你一定认识他啰？”

她只犹疑了一秒钟，然后叫道：“是昆特！”

“昆特？”

“彼得·昆特。他的用人，是他在这里的时候侍候他的贴身用人。”

她仍然在喘气，面对着我，把一切串在一起说了出来：“从来不戴帽子，可是他穿……嗯！东家时常遗失背心什么的，去年他们一起来的，然后东家走了，昆特单独留在这里。”

我在细听她的故事，可是在这里打断了她。

“单独？”

“单独留下……和我们在一起，”然后她好像从心灵深处挖出了什么似的说，“管理一切。”

“他后来怎么样了？”

她停顿了好久，使我感觉更加神秘了。她终于说了出来：“他也去了！”

“到什么地方去了？”

听了这话她的表情变得很奇怪。“什么地方？天知道，他死了！”

“死了？”我差点尖叫起来。

她提了提神，为了解释其中奥妙，先把脚站得更稳。“是的，昆特先生已经死了！”

第六章

现在我们的生活里有了一些新的东西——我对于鬼怪的特殊感受能力，和我的同伴对于我这种能力一半惊愕一半同情的认识。能够使我们共同应付这些新的事物的，当然不止上面那一段对话。在她将一切坦白地告诉了我以后，有一个钟头我吓得差不多瘫痪了。所以那天晚上，我们两个都没有去教堂，而是双双走到教室里关起了门，把所有的事都公开讨论了一番。当然我们流了不少眼泪，立下不少誓愿和诺言，还有彼此间的鼓励和盟约，而且一直把我们目前的情形分析到细腻得不能再细腻为止。她自己什么也没有看见过，连个影子的影子都没有见着。而家里除了我以外，没有任何其他的人受过我所受的惊吓。可是她却毫不考虑我的精神是否正常，就接受了我告诉她的话。最后为了这个，她还对我非常温柔体贴，仿佛对我这番见神见鬼的经历表示绝对的相信。我认为这是人类同情心里最甜蜜的一面，使我一直到现在还记在心里。那天晚上我们所得到的结论是，我们只要联合在一起就可以克服一切了！我甚至还觉得，她虽然没有亲眼看见鬼怪，可是她精神上的负担并不比我轻。现在我知道为了保护我的学生们，我可以勇敢到什么程度了。可是当时，我有很长的时间不能确定我的同伴是否完全愿意履行我们全部的盟约。那一阵我的脾气喜怒无常，而格罗斯太太也一样。不过现在追忆我们过去的经历，我看到当时只有一个主张可以稳定我们的神经，而正是这个主张的执行，才把我从恐惧的暗室里救了出来。我们商量好，我可以到天井里去呼吸新鲜空气，然后格罗斯太太下来在那里和我见面。我现在可以很完整地记起那天晚上我们分手的时候，我明显感觉到自己的身上产生了一股新的力量。那时我们已经把所看见的一点一滴都重新分析过了。

“他在找另外一个人……你不是说他在找一个人，而那个人不是你吗？”

“他在找小迈尔斯！”我对这事忽然有了新的理解，小迈尔斯就是他要见的人！

“你怎么知道的？”

“我知道！我知道！”我情绪又激动了起来，“而且亲爱的！你也知道的。”

她没有否认，可是用不着她说，我已经知道她的意思了。过了一会儿她又重新提起说：“他要是见着了他怎么办？”

“小迈尔斯吗？他不是就想这样吗？”

她看上去非常害怕。“你是说那孩子？”

“怎么可能呢？我是说那个男的，他想在孩子们面前出现。”这是个可怕的念头，可是我当时仿佛有制止一切的力量似的，这也正是我急于想证明给她看的。我有一种感觉，就是我要牺牲自己，做唯一见鬼的人。接受、招惹、克服一切，我就可以代替其他人受惊，保住全家大小的安宁。特别是两个孩子！我可以用这种方法抵挡一切来拯救他们。我记得那天晚上，我最后对格罗斯太太说了这么一句话：

“我注意到我的学生从来没有提起过……”

我说到这里若有所思地停住了，她呆呆地望着我。“没有提起他在这里住过，或他们和他在一起时候的事？”

“他的名字，他这个人和他的历史，他们从来没有提过一个字。”

“那位‘小’小姐不记得了，她从来没有听过也完全不知道……”

“他是怎么死的？”我专注地想着，“她也许不知道，可是迈尔斯会记得，迈尔斯知道的！”

“别去问他。”格罗斯太太喊了出来。

她瞪了我一眼，我也回敬了她一眼。“别怕。”我继续在思索，“这倒相当奇怪。”

“什么奇怪！你指的是他从来没有提起过他这事吗？”

“从来没有！可是你又告诉我，他们是很好的朋友。”

“哦！那不是他！”格罗斯太太特别加重语气宣布，“那是昆特的想法。和孩子玩，我的意思是说……宠坏他，”她顿了顿，然后加了一句，“昆特太放荡了！”

我想起他的相貌，忽然觉得恶心起来。

“对我的孩子太放荡吗？”

“对，他对每个人都是如此！”

我暂时没有细细研究她这句话的意思，因为我还以为这是对家里的几个人——现在仍然在职的半打女工和男佣——一概而论的，可是在这个一团和气的老房子里，幸好从来没有人听说过有什么令人不安的闲话或暧昧的事情，也从来没有传出过什么坏名声和丑闻。格罗斯太太眼下很明显只想贴近我静静地颤抖，最后我还是考验了她一下。那是在将近午夜的时候，她已经一只手放在教室的门上准备离去了。“那么你是说……这一点非常重要……他的坏处是人人都知道的啰？”

“不是的，我知道，可是东家并不知道。”

“可是你从来没有告诉过他？”

“东家从来不喜欢人家告状，他最恨人家诉苦，他对这一类的事脾气非常坏，如果一个人他看得顺眼的话……”

“他就不会再去找他麻烦了，是不是？”这和我对东家的印象相符，他不是一个无事生非的人，就是在择友方面似乎不太谨慎。无论如何我还是要追问下去。“我可以告诉你，我若是你，我早去告状了！”

她看出我对她以往的那种态度不太赞成。“我想，我那回是做错了，可是真的，我害怕极了！”

“怕什么？”

“那人什么事都做得出来，他这人又聪明，又有城府。”

我脸上不露出来，心里却牢牢记住了她的话。“你不怕别的吗？不怕他会影响到……”

“影响到……”她苦恼地重复着我的话，焦急地等着我期期艾艾地说出来。

“影响到天真宝贵的小生命吗？他们可是你的责任啊！”

“不，不是的！”她难过地走了回来，“主人很信赖昆特，把他安置在这里，因为据说他身体不太好，乡下的空气对他合适。所以他住在这里，一切都由他支配，”她到底说了出来，“连孩子们都包括在内。”

“他们……那个家伙，”我差一点哭了出来，“你居然能忍受得了。”

“不，不能，我现在不能了。”可怜的女人，她的眼泪又夺眶而出了。

像我以前所说的一样，从第二天起，我对孩子们的行动便随时随地非常留心。那一个星期内，我们又把问题热烈地讨论了许多次。在那个星期日晚上，我们虽然谈了很久，可是，我在以后的数小时内——我能否成眠，可以想象得到——仍旧为她没有告诉我的事而心绪不宁。我已把所有的话都毫无保留地说了出来，可是格罗斯太太却似乎隐瞒了点什么。到了第二天早晨，我更加确定了，这倒并不是因为她不够坦白，而是由于她在各方面都有所顾忌的缘故。事实上，我一夜辗转反侧，又把事情从头想了一遍，在第二天中午以前，我已经自认为把一切事情都弄明白了，甚至包括以后那几次更恐怖的遭遇所透露出来的意义。她讲给我听的全是那人生前的罪恶行为——他死后的动态，到那时为止我还不十分清楚。他在碧庐住了许久，恶贯满盈，直到在一个冬天破晓的时候，被一个清早上工的人发现死在通往那个村庄的大路上。这个惨剧，表面上可以用他头部一个明显的伤口来解释（这也就是最后开庭研究死因后的结论）。这个致命的伤口可能是因为他从酒吧里出来天黑走错了路，失足滑下结了冰的山坡所致，因为他的尸首就躺在坡下。开庭之后，大家议论纷纷，都觉得那个结了冰的山坡和走错路又喝醉了酒，足以解释一切。不过看他生前的一切行为——奇异的际遇、凶险、秘密和绝非空穴来风的劣行败德，这里面绝不会如此简单。

我不知道怎样才能忠实地把我当时的心境用文字表达出来。总之，我在那个时候还可以在奋不顾身、见义勇为中得到乐趣，我知道我这个工作原来是又可羡又困难的。不过，我的种种表现要是能给某方看见该有多么好，虽然有很多别的女孩子失败了，可是也许偏偏就我能成功呢？这种想法对我很有帮助——我承认在追忆这段事的时候对自己非常满意——我把我的工作看得这样认真，这样简单。我是来保护这两个全世界最孤单最可爱的小东西的，我忽然觉得他们特别可怜，这不久就发展成我情感方面一种长期的隐痛了。我们和外界完全隔绝，而在危困中团结了起来。他们除了我以外没有别人。而我呢，我也只有他们。简单地说这是一个绝好的机会。至于这个机会，我可以用实在的东西解释出来。我仿佛是一个围屏，我站在他们面前，所以我看见的越多，他们看见的就越少。我屏气凝神地注意他们的一举一动，心里虽然紧张脸上却仍旧装出若无其事的样子，如果一直这样继续下去，真会使我神经错乱的。我现在看出我之所以没有发疯，就是因为这个悬案很快就被切实的证据取而代之了。是的，证据——从那个时候起，我真的找到证据了。

那是在下午的某个时候，我和我较小的学生在花园里面玩，把迈尔斯一个人留在屋里窗前的红绒安乐椅中，因为他有一本书急于看完。这孩子唯一的缺点就是永远静不下心来，所以他想在家里静静地看书，我觉得实在有鼓励的必要。他的妹妹相反却一定要出去走走。于是我陪她出去散步约有半小时之久。我们特地挑阴凉的地方走，因为太阳还很高，天气非常炎热。在我们出去的时候，我重新有了一个想法，就是她和她的哥哥一样，可以离开我而不让我觉得自己被冷落在一旁，也可以陪伴着我而毫不使我觉得厌烦。这也就是这两个孩子讨人喜欢的地方。他们从来不缠住人不放，同时也从来不没精打采，所以我把我的精力都用在怎样使自己不参与而使他们玩得起劲的尝试上。他们很了解我这种心理，所以也永远兴高采烈地制造这种局面，让我从旁欣赏。因此我似乎经常生活在他们所创造出来的世界里。他们除了请我扮演他们游戏中不可缺少的一个神奇人物或东西以外，对我别无所求。这些漂亮的挂名差事，我一向是极愿意干的。这一次，我忘了我在扮演什么东西了。我只记得我是一个极重要的人物，我没有出声，芙洛拉玩得很起劲。我们是在湖边上。而因为我最近刚开始读地理，那个湖就被命名为“亚速海”。

在这个情景下，我忽然觉得“亚速海”的对岸有一个极感兴趣的看客。这个意念怎么会在我心中油然而生，倒的确相当奇怪。而最奇怪的莫过于这个感觉竟来得如此之神速。我正坐在面对湖边的一个石条凳上做着针线——因为我在芙洛拉游戏中扮演的那个人物是可以坐下的。在这个方位，我虽然没有直接看到，但已经可以百分之百地确定远处有一个第三者存在。那几株高大的老树，那些密密丛丛的矮树，投下了很大一片清凉的阴影。不过在那个静悄悄的炎热的下午，树下的光线仍旧非常充足。所以这绝不可能是我的一种幻觉。至少我心里逐渐明白，如果抬起头来看湖的对岸，我会看见些什么。我的眼睛本来正看着手里的针线，我现在还记得，我当时怎么使尽力气使自己的视线不要移动，一直到自己定了神，能够拿定主意怎么办为止。我知道我的视野以内有一个陌生人，我甚至立刻强烈地感觉到他没有在这个地方出现的权利。我记得我在心里盘算还有什么别的可能，我提醒自己这也许是极平常的事，也许是家里哪个用人，或者是村子里来的邮差或铺子里的伙计站在那里。这种揣测其实丝毫不能动摇我的信念——因为我连看都用不着看，从来者的个性和态度上就能断定他绝非我想象中的那几个人。

关于这个鬼魂的确实身份，我是可以在鼓足勇气以后就证实的。这当儿我用力把眼睛移到芙洛拉的身上——她离我大约有十码左右。有那么一会儿，我吓得心脏都差不多停止了跳动，担心她会不会也看见我所看见的东西。于是我屏住了气等着听她哭喊，看她脸上有没有感兴趣或惊怕的表情。我静静地等着，可是什么都没有发生。我要叙述的没有比这个更恐怖的了，第一就是我发现她在一分钟之内突然默不作声，第二也就是在这一刹那间，她已经转过身来背对着那个湖了。这就是她最后采取的姿势，使我更加相信我们两个人依旧在第三者直接的注视下。她拾起了一块扁平的小木块——上面碰巧有一个小圆洞，她想把另外一块木头插进里面做桅杆，把它变成一只船。我注视着她的时候，她正吃力地、聚精会神地把第二块木头楔入第一块木头。我从她当时所做的事情上得到了少许的精神支持，使我过了几秒钟后发现自己已经有了想多知道一点的勇气，于是我再次转移视线，正视我所必须正视的东西。

第七章

事后，我连忙去找格罗斯太太，我已经吓得语无伦次，无法把我刚才的经历叙述清楚了。我仍然听得见自己的哭喊，但差不多是冲进她怀抱里的。“他们知道……太可怕了！他们知道！他们知道！”

“知道什么？”她拥抱着我，我可以感觉得出她的怀疑。

“我们知道的事他们全都知道，天晓得还有什么其他的事！”她放开了我，我把事情的经过讲给她听，也许我现在笔下所写的，要比当初讲出来的前后连贯得多。“两个钟头以前，在花园里，”我连话都说不清楚了，“芙洛拉看见了。”

格罗斯太太一听之下，仿佛肚子上挨了一拳。“她告诉你了？”她喘息着说。

“这孩子一个字也没有提。不能让别人知道她的事情！可怕就可怕在这一点上，才八岁的孩子。”直到那时我还惊慌得说不出话来。

格罗斯太太当然只会把嘴张得更大。“你怎么知道的？”

“我在那里亲眼看见的，我看得出她是完全知道的。”

“你……是说知道‘他’在面前吗？”

“不！是‘她’！”我知道我说这话的时候脸色一定很难看，因为我的表情从我同伴的脸上反映了出来，“这一次是另外一个人，一个毫无疑问和他一样可怕、一样邪恶的人。一个穿着黑衣服的女人，脸色白得可怕，那种神气，那脸色，可怕极了！她在湖的对岸出现。我和芙洛拉正在这边静静地玩着。就在这时候，她来了！”

“来了？从什么地方来的？”

“她能从什么地方来？她只是出现了，站在那里……可是不太近。”

“没有走近吗？”

“她给我的那种威胁，那种感觉，就是你我现在这么近也不过如此！”

我的朋友莫名其妙、不由自主地倒退了一步。“她是不是一个你从来没有见过的人？”

“是我从来没有见过的，可是那孩子一定见过，你也一定见过！”然后为了告诉她我已经洞悉一切，我对她说，“就是以前的那个家庭教师，死了的那个！”

“杰塞尔小姐！”

“杰塞尔小姐。难道你现在还不相信我的话吗？”我追问。

她难过得不知如何是好。“你怎么能够确定是她呢？”

在我当时那种情绪之下，这句话使我忽然不耐烦起来。“那么你去问芙洛拉好了，她总可以确定吧？”可是话一出口我就后悔了，“别去问她！看在上帝的分上，别去问她！她一定会说她没有看见，她会说谎的。”

格罗斯太太还没有被吓到忘记提出抗议。“你怎么可以这么说呢？”

“因为我知道得很清楚，芙洛拉不愿意让我知道。”

“那么也许是怕你害怕。”

“不是，不是，这里面意思很深很深，我想得越深，意会到的就越多。意会到的越多，我就越害怕，现在我什么都看出来了，也什么都怕。”

格罗斯太太尝试着琢磨我这几句话的意思。“你的意思是说你怕再看见她吗？”

“不是的，这点现在我已经不怕了！”我解释给她听，“我怕的是看不见她！”

我同伴的脸色看上去更加苍白了。“我不懂！”

“这孩子很可能会和她继续下去，这孩子一定会的……不让我们知道。”

在这个可能性面前，格罗斯太太最初几乎瘫了下来，不过她立刻定了定神。我们有一种共同的感觉，就是如果我们退让一步，就会完全失败一样。“天哪！天哪！我们可别先乱昏了头。还有，如果孩子她自己不在乎，”她甚至还开了一个极勉强的玩笑，“也许她喜欢呢！”

“这么点大的孩子，会喜欢这种事情？”

“这就证明她天真无邪啰！”我的朋友勇敢地说道。

她几乎把我所想的完全推翻了，我说：“我们必须抓住这个看法，相信这种看法，因为如果事实不是你所说的，那么就证明……天知道什么东西，因为那个女人简直是个恐怖的怪物！”

格罗斯太太本来眼睛望着地下，现在一听之下，把眼皮微微地抬了起来。“告诉我，你是怎么知道的？”她说。

“那么你承认她非常恐怖？”

“告诉我你是怎么知道的？”她很简单地重复了一遍。

“怎么知道的？还不是看见她才知道的吗？还有她看人的那副样子！”

“你的意思是说她恶狠狠地盯住你看吗？”

“没有，这个我忍受得了，可是她对我一眼也没有看，她只盯住那个孩子。”

格罗斯太太尝试幻想这一切。“盯住她看？”

“她的眼睛那么可怕！”

她注视着我，仿佛我的眼睛和那人的眼睛有相似之处似的。“你的意思是说充满了恶意地望着她吗？”

“天哪！不是的，比恶意还要坏！”

“比恶意还要坏吗？”她百思不得其解。

“一种形容不出来的下了决心的样子，她像对芙洛拉有所企图似的。”

我这话使她的脸色变白了。“企图？”

“企图控制芙洛拉！”我们四目相交，格罗斯太太打了一个冷战向窗口走去，当她站在那里向外看的时候，我说完了那句话，“这就是芙洛拉知道的事。”

过了一会儿，她转过身来。“你是说那人穿着一身黑衣服？”

“像在戴孝一样，而且衣服相当破旧，可以说很寒伧，不过有一种特殊的美。”我现在一点一点地把那人描画了出来，使她也屈服在我的信心之下了，因为她显然在琢磨我这句话的意思。“非常美！”我说，“可是美得有点下贱！”

她慢吞吞地向我走来。“杰塞尔小姐是很下贱，”她紧紧地握住我的双手，仿佛想给我足够的勇气，使我不要被她将要说出来的话吓得太厉害，“他们两个人都很下贱！”她总算说了出来。

短短的几分钟内，我们又携手面对这个困难了。我发现知道这层关系对我大有益处，于是我对她说：“你从来没有暴露过他们的关系，这一点我觉得很好，可是你现在非把所有的事告诉我不可了！”她似乎同意我这种看法，可是仍旧保持缄默，看她这样我继续说道：“我现在非知道不可，她到底是怎么死的？他们之间一定有什么特殊的关系！”

“什么关系都有！”

“可是他们……”

“他们的身份、地位都不同，”她伤心地说了出来，“她从前是位小姐。”

我想了想，又悟出一番道理。“不错，她从前是位小姐！”

“他的身份可比她低多了。”格罗斯太太说。

我感到我不宜问得太详细，因为无论如何格罗斯太太总是个用人。可是虽然如此，对她告诉我的前任家庭教师的丑事，我也没有不接受的理由。应付这种局面有一个方法，而我就用了这个方法。这里绝无勉强之处，因为我想起了东家那个死去了的漂亮的贴身用人的相貌，那个狂妄自大、疯狂、被宠坏了的人。“那个家伙简直是头狼。”

格罗斯太太拿这个当作一个问题似的考虑了一下。“我从来没有见过像他那样的人，他想做的，他都做到了！”

“对她吗？”

“对他们所有人。”

在我这朋友的眼睛里，好像现在杰塞尔小姐又重新出现了。我在格罗斯太太的眼睛里，仿佛重新看见了她的影子，就和在湖边看见的一样清楚，我肯定地说：“他想做的或许也就是她想做的。”

格罗斯太太的脸上出现事实就是如此的表情，可是她同时还说：“可怜的女人……她付出了代价。”

“那么你知道她是怎么死的啰？”我问她。

“不！我什么都不知道，我也不想知道，我幸而没有去问。谢天谢地，她总算得到解脱了。”

“那么，那个时候，你就有点知道？”

“有点知道她要走的真正理由吗？对了，她也做不下去了，你想想看，这里的家庭教师会做出这样没脸的事。后来我猜想了半天，我现在还在猜想这一切，我所猜想的可怕极了！”

“不会比我猜想的更可怕吧。”我回答她。我觉得自己一定给她看出我非常颓丧的样子了，这引起了她对我的同情心。在她慈爱的抚慰之下，我的抵抗力量崩溃了。我和上次一样哭了起来。她像慈母一样把我揽在怀里，我的苦楚涌了上来。“我做不好了！”我绝望地抽咽着，“我不能挽救他们、保护他们了，我做梦也想不到会有这么坏，他们完了！”

第八章

我告诉格罗斯太太的话是实话。关于这件事，我已给她揭示了一些深奥的意义和可能性，然而我缺乏和盘托出的决心，所以等下一次相对踌躇的时候，我们一致同意实在有戒除胡思乱想的必要。如果什么都可以放弃的话，至少要保持头脑清醒。面对着这么一个问题，对我们而言是很不寻常的经历，所以保持头脑清醒是相当困难的一件事。可是这居然没有太大的难度。那天深夜，等所有的人都睡去之后，我们在我的房间里再度做了一次详谈。我和她把经过情形彻底研究了一遍，直到确定我是真的看见了我所看见的那一切为止。我发现要使她相信这一点，我只需反问她，如果这些都是我凭空捏造出来的，那么我又怎么能细细描绘出每一个人的特点，连细小的地方都一点不差呢——何况我描绘出来的形象又能使她立刻想到而且说出那是什么人。她当然希望忘掉这件事——这倒也难怪——因此我立刻向她保证我之所以对这件事发生兴趣，完全是为了找出一个解决的办法。最后我们心平气和地得出一个结论，那就是再有同样的事发生的时候——我们相信这是免不了的——我对这种危险一定会习惯一点的，这充分表现出，我只把我个人的见鬼经历当作最小的烦恼。而令我烦恼得无法忍受的倒是那个新的疑点，不过此后的几小时内就连这个新的烦恼也渐渐地消失了。

在我第一次倾诉一切之后，我和她分手后便回到了我的学生那里，借着他们的可爱来治疗我的烦恼。我已经发现这个方法非常有效，而且百试不爽。简单地说，就是我重新去找芙洛拉，和她在一起——这对我几乎是个分外的享受——她立刻使我感觉出她能摸到我的隐痛。她极可爱地把我端详了一番，然后当面指出我曾经哭过——我还以为这些丑恶的泪痕已经被擦去了。可是在这种深深的仁爱之下，我只能暗自庆幸没有把这些泪痕完全擦去。望进那孩子眼睛里蓝色的深处，而把它的美看作一种早熟的狡黠，是有故意诬蔑嫌疑的。不，我宁愿背叛和摒弃我的判断和某种程度的怀疑不安，只为我一时心血来潮而背叛一切，可是我可以重新告诉格罗斯太太——我在深夜一遍又一遍地说着——当空中回荡着我们的小朋友的声音、他们的小身体靠在我们的怀里、他们香喷喷的小脸贴着我们的面颊时，除了他们的美丽和质朴以外，别的什么都不重要了。可惜的是为了彻底解决一切，我必须重新提出，那天下午在湖边，芙洛拉的狡猾和阴险几乎成了一种神迹，使我得以自持。可惜的是，我必须重申那一分钟的确实性，重述在那一分钟内我怎样得到一个启示，就是我看见的那种不可思议的心灵交流，对她们而言已经是一种习惯了。可惜的是，我不得不嗫嗫嚅嚅地说出，我当时或许心慌意乱，可是我对那小女孩的确见到了那个来访者这一点深信不疑，虽然她竭力想使我相信她没有看见。她不动声色，企图使我怀疑自己究竟看见了没有。可惜的还有，我必须扼要地陈述她那些借以分散我的注意力的沉默的小动作，譬如她更加聚精会神地玩耍、唱歌，说些急促不清的废话，以及邀请我参加游戏，等等。

不过，如果我没有为要证明一切而重新检视所有经过情形的话，我也许会错过几个仅存的聊胜于无的慰藉，至少我就不会向我的朋友保证我没有露出马脚来，而这点倒是于我有利的。我也不会——因为绝对的需要，而且又是只此一招别无良策，我也不知道应该叫它什么——对我的同事严词逼供。结果我获得的答复竟对于我对这件事的理解大有帮助。格罗斯太太在我的逼迫之下，断断续续地告诉了我许多事情。可是有一个闪闪烁烁的疑点就像蝙蝠的翅膀一样，常常掠过我的前额，我记得——当时其他人都已入睡，这一点再加上我们所面临的危险，似乎对逼供有些帮助——我感觉到最主要的就是要把最后这一层黑幕完全揭开。我记得曾经对她说："我不相信会有这么恐怖的事。不，我们还是把话说得肯定一点吧，亲爱的，我简直没有办法相信。不过如果一定要我相信，那么还有一件事我要从你这里打听出来。这次可绝对不饶你……绝对不……所以你还是从实招来吧。在迈尔斯从学校回来以前，就是我们正为那封信不知如何是好的时候，经我再三询问，你表示过你并不是说他从来没有做过什么真正的坏事。可是这些日子我天天和他在一起，从近处仔细地观察他，他也的确没有做过什么坏事，而且绝对像是一个天性很好、讨人喜欢的聪明孩子。所以我觉得你当初和我这样说，一定是你亲眼见到他做过坏事，我现在要知道这究竟是什么事。还有，你所指的是你看出的哪一点呢？"

这是一个很直率的问题，只是我们之间仍有一层隔膜。不管怎样，我们分手之前，我已经在灰色的黎明中得到了我所要的答案。

我的朋友藏在心里的事结果证明是与此有关的，原来昆特和那个孩子当初有几个月曾经亲密到形影不离。她曾经批评这种行为是不正当的，也暗示过这种亲密有点不成体统，同时也曾和杰塞尔小姐开诚布公地讨论过。

杰塞尔小姐当时态度相当傲慢，还叫她少管闲事。于是这个善良的妇人一听之下就直接去找了小迈尔斯。

经我再三询问她才说出来，她对他说，她希望一个年轻的绅士不要忘记自己的身份。

于是我把她逼得更紧了。

“你是不是提醒他，昆特只是一个低三下四的用人？”

“也可以这么说，可他回答我的话很糟糕。这便是一桩了。”

“另外一桩呢？”我等待着，“是不是他把你的话告诉昆特了？”

“不，不是的，坏就坏在他不肯这样做，”她告诉我，“无论如何我确实相信他。”她补充着，“他没有告诉过昆特，可是他倒否认了几件事。”

“几件什么事？”

“就是他们在一起的时候……昆特就好像是他的教师似的，而且神气十足——杰塞尔小姐专门教我们这位小姐。迈尔斯少爷常常和那家伙出去，我的意思是说和他在一起，一玩就是几个钟头。”

“他不承认这一点，他说他没有是不是？”她的答复明显得使我过了一会儿重新说道，“我看出来了，他是在撒谎。”

“哦，”格罗斯太太喃喃地说，意思就是说这是无关紧要的，结果她又用另一句话补充，“你知道杰塞尔小姐并不在乎，她又没有不许他去。”

我考虑了一会儿。“他是不是拿这句话来堵你的嘴？”

说到这里她又失去了勇气。“没有，他从来没有这样说过。”

“也没有说过她和昆特的关系？”

她涨红了脸，因为她看出我用意何在了。“他什么也没有露出来。他只是否认来着，”她重复着说，“他只是否认。”

天哪！我把她逼得多紧！

“所以你看得出来，他完全知道这两个卑鄙无耻的家伙的关系。”

“我不知道，我不知道！”那可怜的女人叫着。

“你知道的，你这个好人，”我回答，“你只是胆子没有大到我这么可怕。你一方面胆子小，再加上顾及体面，所以忍气吞声，自己心里难过到现在。要不是我帮着你，你连这点都不肯说出来呢。可是我还是可以从你嘴里把话套出来的。你从那孩子的身上可以看得出来，”我继续说，“他在掩饰他们的关系。”

“他可掩不住……”

“掩不住你看出真相吗？那当然了，可是天哪，”我拼命地思索着，“这就证明，他们至少在这方面已经把他教导成功了。”

“啊，反正现在也没有什么关系了。”格罗斯太太哀叹道。

“怪不得，”我继续说，“我上次向你提起他学校来的那封信时，你看上去那么奇怪呢！”

“我当时的样子总不能比你还奇怪吧，”她大声地反驳，“他那个时候要是真的那么坏，那么他现在怎么会这么好呢？”

“是啊，真是的，如果他在学校是个坏孩子，他又怎么个坏法呢？怎么个坏法呢？怎么个坏法呢？”我难过地说，“你一定要记得再问我一次，我也许过几天才能答复你，不过记住以后再问我，”我叫喊的样子使我的朋友睁大了眼睛，“有些问题我目前还不想去探索。”同时，我又回到她举的第一个例子——就是她以前提过的那个——那孩子偶尔也可能露出一点马脚，这倒是对我们有利的。“如果昆特……就在你刚刚提到的劝他的话里……是个低三下四的用人的话，我猜迈尔斯和你说话时提及的其中一件事会不会是，你也和他一样？”她承认得很快，所以我继续问道：“那么，你已经宽恕了他？”

“你不也会吗？”

“哦，是的。”我们在静寂中居然还笑了一阵，然后我又说道：“不管怎么样，他和那个男人在一起的时候……”

“芙洛拉小姐就和那女人在一起，这对他们来说都很合适……”

这对我也很合适，而且我觉得合适得过分了。我的意思是说，这很切合我禁止自己持有的某个可怕的见解。这个见解，我已经那么有效地制止自己发表，所以我也不愿往下说了，我只把最后的结论说给格罗斯太太听：“我承认我觉得他撒谎和没有礼貌并没有什么太不对的地方。我原本是希望从你这里听到他这个小小人儿的本性究竟是好还是坏，可是……”我考虑了一下，“也只好这样了。至少现在我觉得我必须更严密地观察他了。”过了一会儿，我从我朋友的脸上看出她已经毫无保留地宽恕了他，我的脸红了起来。她说这个小小的故事原来就是为了打动我的慈爱心，她在教室门前和我道别的时候，这点更加明显了。

“当然，你不会责备他的。”

“责备他瞒着我和那两个东西交往吗？记住，在没有得到其他证据之前，我谁都不责备。”然后在把她从另一条路送回她卧室的时候，我最后说：“现在我只能等待。”

第九章

我等了又等，日子的消逝带走了我的一些恐惧。有两三天我和我的学生们寸步不离，没有发现什么异状，这足以把我痛心的幻想和恐怖的回忆抹杀不少。我曾经说过，我要积极地使自己相信他们超乎常情的天真烂漫并非出自伪装，我有否利用这个信念来多少换取些精神安慰，也可以想象得出。实际上比我所能表达出来的还要奇怪的是，如果我在这些内心的冲突中不那么常告凯旋的话，我的情绪毫无疑问会更加紧张。我曾经暗暗地纳闷，我的学生们怎能看不出我对他们更加眷顾？这对把他们蒙在鼓里这事非但无益而且有害，于是我终日战战兢兢，怕他们感觉出来正在受到别人严密的关注。在闭门静想的时候，我把事情尽量往坏的方面推想，任何关乎他们天真无邪品性的可疑之点，都成为我宁愿多冒几次险的理由。他们这样天真无邪——仿佛是命中注定成这样的——有时候我发现自己会有不能自持的冲动，就是把他们紧紧地抱住，紧紧地搂在胸前。每次这样做过以后，我心里总是纳闷："他们对这种举动会怎么想，我这样是不是太露骨了？"关于我到底露出了多少的问题时常扰得我心神不安。不过我觉得还能令我安安逸逸地过几小时的真正的理由，多半是因为我仍旧可以享受我的小同伴的可爱。他们的魅力即使在我严密的观察和分析之下，也还是极为动人的。如果我觉得我常常感情冲动会引起他们疑惑的话，那么我也会常常问自己，现在他们对我表现得显然更加热情，这里面是否也有可疑之处。

这个时候，他们分外甚至可以说是超乎寻常地喜欢我。事后我思忖，这也许是小孩对永远弯下身来拥抱他们的人的本能反应而已。其实他们这些表现，对稳定我的神经非常有效，就仿佛我从来没有真正地发现过他们这样做是别有用意的。我想他们从来没有对他们可怜的保护人这样体贴过。虽然他们功课越做越好，这个当然是最能使她高兴的——我此刻要说的是他们给她解闷消遣的一方面，譬如做出许许多多出乎她意料的事，给她朗诵整段的书，给她讲故事，和她捉迷藏，或假装成什么历史人物或野兽向她身上扑来，等等。最精彩的莫过于暗地背熟几篇文章，然后毫不间断地背诵出来。我现在就算由着性子说，也说不完我在那个时期对他们一举一动的秘密记录，而这些以后都经过了一番更严密的校正。我从最初就看出他们的头脑敏捷异常，什么事不但一学就会，而且一学就卓越出众。他们对目前这些轻松的事情仿佛非常喜欢。他们记忆力很强，也很会利用它来表演绝技。他们平时非但能以老虎或罗马人的姿态出现，而且能够扮演莎士比亚剧中的人物、天文学家和航海家。这种现象非常奇怪，也和我到目前为止还没有找出第二种解释的事大有关系。我是指我对迈尔斯另换学校的事表现得异常平静。我只记得我当时居然不想讨论这个问题。这也许是他不断地表现出惊人的聪明所致，换句话说，他简直聪明到不是一个无能的家庭教师、一个牧师的女儿所能宠得坏的。在我刚才所说的这种情形之下，沿着这个最奇怪或最明显的线索，如果我有勇气去找寻答案的话，也许可以看出他小小的心智正受着某种势力的支配，而这种势力对他有极大的影响。

如果我很容易想象得到这样一个孩子可以辍学的话，那么这样一个孩子竟会被学校的教师踢出来应该就是一个让人百思不解的谜了。让我再补充一句，就是在他们面前——我现在很当心，差不多一秒钟也不离开他们——我仍旧什么线索也找不出来。我们生存在音乐、友爱、成就和戏剧的云雾里。他们对音乐非常敏感，特别是迈尔斯，他有一种不可思议的才能，就是什么曲子听一遍就可以弹出来，所以教室里的钢琴时常发出各种令人毛骨悚然的声音。等到这个失去了吸引力之后，屋角多半会有一个小小的会议在进行，结果是他们其中之一兴高采烈地走出屋去，等到再进来的时候已经是一个崭新的角色了。我也有兄弟，我对小女孩向小男孩做奴隶式的崇拜一点也不感觉奇怪。不过超乎想象的却是在这个世界上居然还有一个小男孩，对一个年龄、性别和智慧都不如他的人会这么体贴。他们永远一团和气，如果用他们既不吵架也彼此毫无怨言来称赞他们的话，那只是把他们那点美好的本性说得粗俗了。有的时候（我承认自己很粗俗），我必须说我常常看出他们有某种默契，就是一个陪着我，吸引住我的全部精力，另一个则悄悄地溜走。不过任何手腕都有它天真的一面，如果我的学生把它用在我身上的话，里面也一定只含有最低限度可怕的意味。不料在风平浪静一阵之后，一件极可怕的事爆发了。

我发现即使现在追述这些事，我仍心有余悸，尤其现在已说到那最恐怖的一次经历了。记录碧庐这些异事，使我不但违反任何宗教信仰——甚至最开明的也不例外——而且这是全然不同的一件事，它使我重新经历我当时所受的痛苦，我仿佛再次踏上以往那些恐怖的路径，直通那悲惨的结局。在我事后回忆一切的时候——我发现就在某一个时辰之后，整个事件对我而言纯粹是一种苦刑了。不过我当时已经身陷重围，只可进不可退了。有一天晚上——事先毫无预兆或准备——我忽然重新有了我第一晚的那种感觉，它像一股寒气一样袭来——不过要比第一晚强烈得多——其实如果我后来在碧庐过的一段生活没有那么恐怖的话，我对第一晚那个感觉就不会有所记忆的。当时我并没有上床，而是在就着几支蜡烛的光看书。碧庐有整整一个房间的旧书，有些是前一世纪的小说，许多早已失去声誉了，可是这本家藏的小说还没有贬值到引不起年轻人好奇心的程度。我记得自己当时手里拿着的是菲尔丁的《阿美利亚》，记得自己完全清醒地相信时间已经很晚了，可是又不愿看表。我还记得遮住芙洛拉床头的白布床帘——那个时候流行的式样——也遮住了那个正在熟睡中的小孩，我在不久前还去看过她一次的。简单地说——我记得我虽然对那本书有极浓厚的兴趣，可是在翻过某一页的时候，我发现自己的注意力忽然分散了，视线也从书本一直移到了房门口。我倾听了一会儿，忽然想起第一晚曾经恍惚听到房子里有点轻轻的动静——我同时注意到自那敞开的窗口吹来的微风正轻轻地吹动那拉上去一半的百叶窗。最后我咬牙下了决心——情绪一定很慷慨激昂，如果有人在旁观赏的话——放下书拿起了一支蜡烛，立刻走出了房间。在那个长长的走廊里，我的烛光发生的作用很小——我无声地把门关好，并上了锁。

我一直到现在还说不出是什么使我决定或引导着我高高举着蜡烛，一直顺着那个走廊走到了完全能看见那扇高踞楼梯转弯处的高高的窗口。这个时候我发现自己注意到了三件事——几乎是同时的，可到底还是有前后之分，中间只不过相隔一点点时间而已。我的蜡烛闪了一下之后忽然熄灭了，而我注意到了那没有帘子挡着的窗中透进来的一线亮光，使我的蜡烛没有燃着的必要。借着这道光线，我在一分钟内就知道楼梯上有个人。我现在是按先后顺序说的，可是其实我在几秒钟内已经盘算好自己和昆特的第三次会面了。那个鬼魂已经走到楼梯的一半靠近窗口的那个地方。他看见我之后就停了下来，就像在塔顶上、在花园里那两次一样凝视着我。他对我就像我对他一样熟悉，就在那反映在高高的玻璃和底下橡木楼梯的漆光上的清冷而黯淡的光线中，我们聚精会神地互相瞪视着。他在这次完全是一个可憎的、带有威胁性的活鬼。但这还不是最奇怪的，最奇怪的是另外一件全然不同的事，那就是我已经失去了恐惧——我的心里毫无不敢和他一较高下的想法。

在那可怕的一刹那后，我有许多烦恼，可是谢天谢地——绝没有恐怖的感觉，而且他也知道——我发现我在一分钟后对这点知道得非常清楚。我感觉自己充满了一种狂热的信心，就是如果我能坚持一分钟的话，他就会自动退去——可是在这一分钟内，一切就像一场真的会面一样富于生气和令人恐惧。而它之所以令人恐惧就是因为它富于生气——就像深夜在一所其他人已经沉沉入睡的房子里，单独遇见一个仇人或强盗或某个罪犯一样。我们一声不响地互相瞪视着，距离如此之近，中间只隔着一片死亡般的静寂，这也就是这次恐怖事件中唯一有超乎自然意味的地方。如果我在此时此地遇到一个杀人者，我们至少会开口说话，会交换一些声音，或我们两个人之一会移动的。但是这一刹那拖了如此之久，使我觉得再这样下去，我就要对自己是否还活着产生怀疑了。我不能把以后的情形充分地描述出来，除了说那种寂静本身——仿佛是对我的持久力的一种考验——渐渐变成他消失过程中的一部分。我千真万确看见他转身走了，就像这个卑鄙龌龊的用人生前受到呼唤而走开的那种动作一样。我注视着他那可憎的背影，任何驼背都不会比它更畸形、更可怕，一直到他消失在楼梯下一个转角的黑暗里。

第十章

我在楼梯上面站了一会儿。等那怪客走了之后，我立刻就感觉到他是真的走了。然后，我回到自己的房间里，借着留在那里的烛光，第一次发现芙洛拉的小床空了。我登时吓得气也透不过来，心里充满了五分钟前所应有而未有的恐惧，于是我立刻冲到她的小床前。我走出房间的时候还看见她安睡在那里的——那小小的丝被和褥单都被弄得凌乱了——白色的床帘也被拉到前面，一看就知道是有所掩饰的。这个时候我的脚步声引起一声回音，我紧张的神经才松弛了下去。我注意到房间里的百叶窗先震动了一下，然后那个孩子面不改色地弓着身子从另一端钻了出来。她穿着薄薄的睡衣站在那里，看上去极天真、极坦然，赤着那双粉红色的小脚，一头金色的鬈发闪闪发光，可是脸上的表情却特别庄严。我第一次尝到失去刚刚占有的优势的感觉——我本来对这点极感兴奋的——结果倒被她先质问起我来："你这淘气的东西，你刚刚到什么地方去了？"结果我非但没有质问她这种不守规矩的行为，反而发现自己正在受审，而且还在做着解释。至于她自己，她很热忱、很可爱地做了一个简单的解释：她睡在那里时，忽然觉得我已经不在房间里了，便跳了起来查看我的下落。其实我看见她重新出现之后就已经高兴得跌坐在我的椅子里了。我当时——注意，只在当时——觉得头有点发晕。她赤着脚啪哒啪哒地走了过来，坐在我的腿上让我抱住她。烛光照在她那依旧睡眼惺忪、美丽而红润的小脸上。我记得我把眼睛闭了起来，她那对宝蓝色的眼睛透出来的光芒打动了我，使我不得不让步了。“你为什么去窗户那儿找我?”我说，“你以为我会在花园里吗?”

“哦，你知道，我真以为有个人在花园里呢!”她微笑着面不改色地对我说。

我凝视着她。“那么你看见什么人了吗?”

“啊，没有。”她带着一种孩童特有的、前言不搭后语的态度，几乎抱怨地回答——虽然她把“没有”这两个字尾音拖得很长，但声音还是非常甜美。

当时，我在那种情绪之下，完全相信她是在撒谎。我重新把眼睛闭上，为对这件事心里一时涌起三四种可能的解释而感到一阵头晕目眩。当时，其中有一个解释对我的诱惑如此之大，使我为了克制它，只好突然把那小女孩紧紧地抱在怀里。她却乖乖地忍受着，没有哭出来，脸上也没有惧色。为什么不趁这个机会道破一切呢?我可以当着那容光焕发的可爱小脸直说：“你啊，你明明知道你看见了。而且你已经相当怀疑我也把你这种情形看出来了。既然如此为什么不坦白告诉我呢?我们至少可以分担一切。在我们这种奇怪的遭遇里，也许可以研究出我们现在到底处在什么地位上和以后会怎么样。”这个念头来了但又逝去了，如果我当时照办的话，我个人后来或许会省去许多麻烦——你往下看就知道了——不过我没有这么做，反而站起身来望着她的床，采取了一个折中的方法。“你为什么要拿帘子遮住这个地方，故意让我以为你还睡在床上呢?”

芙洛拉显然是在思索着。最后她带着那个小小的神圣的微笑说道:“因为我不想吓你一跳。”

“可是如果我像你说的那样出去了……”

她根本不为所动,反而把眼睛转过去望着蜡烛的火苗,仿佛这是一个与她不相干的问题,或者至少像“马斯太太”或“九乘九”那样无关痛痒。“可是我知道,”她理由相当充足地回答,“你总会回来的,你现在不是回来了吗?”过了一会儿她上了床,我在她身边坐了很久,以便继续握住她的小手,表示承认自己回来得正是时候。

你可以想象得到从那时候起,我是怎样度过那些夜晚的。我一夜又一夜地通宵不眠,一直坐到不知道什么时辰,同时选择在和我同屋的人毫无疑问已熟睡着的时候,偷偷地溜出去,蹑手蹑脚地在过道上徘徊,甚至一直走到上次看见昆特的地方。可是我再也没有在那里遇见过他。我现在可以干脆地、痛痛快快地说,我后来在屋子里再也没有遇到过他。但是我在楼梯口却错过了另一个奇遇,那就是从上面往下看时,我看到一个女人坐在最低的几级楼梯上,背朝着我,身体向前半弓着,双手捧着脸作悲痛状。我站在那里不过一会儿,她就头也不回地消失了。虽然这样,我却知道得很清楚她有一张多么恐怖的脸。我心里纳闷,如果我在底下而不在上面,我有没有像以前面对昆特时那样的勇气向上走去。不过,需要勇气的地方还多着呢!在我遇见那位绅士后的第十一个晚上——我现在把每夜都编了号——我受了一场新的惊吓，恐惧的程度和那次不相上下——但是因为事先毫无预感，所以可以说是受惊最猛烈的一次。那是我那些夜晚以来第一次安睡，我正因为连连守夜而疲倦不堪。几天安然无事后，我以为可以恢复平常上床的时间了，所以一到床上我立刻就沉沉入睡。一直到一点钟左右——这是我后来才知道的，我一觉醒来就笔直地坐起身来，清醒得好像有一只手把我摇醒了一样。原来留着的一支蜡烛现在却灭了。我立刻下床在黑暗中摸索到芙洛拉的床前，发现她已经不在了。我向窗子看了一眼，便明白了几分。擦亮一根火柴之后，整个状况便都一清二楚了。

那孩子爬起来后，先把蜡烛吹灭了，然后为了观察或响应什么起见，钻到百叶窗背后，正在向黑夜望去。我看得出她这次已经看见了她上次没有看见的那个东西，因为她并没有被我重新点燃蜡烛和七手八脚地穿上拖鞋、披上衣服的动作所惊动。她藏在那里，以百叶窗为掩护，显然是聚精会神地歇在窗台上。那扇窗是朝外开的，所以她可以向外完全暴露自己。同时，她还有一轮皓月的帮助。于是我很快做了一个决定。她正面对着我们在湖边遇到的那个鬼魂。她现在可以和它有心灵的交流，这是她上次没能做的。而我应该做的就是暂时不惊动她，穿过走廊到别的对着这个方向的窗前。于是我走到门口，芙洛拉仍旧没有发觉，我跨出房门关好门，然后在外面谛听她的动静。当我站在走廊里的时候，我看到了大概十步以外她哥哥的房门，这使我难以形容地重新感到那个被我叫作“诱惑”的奇怪的冲动。如果我一直进去走到他的窗前会怎么样呢？如果我在他露出幼稚的惊讶前泄露了我的动机，那么我这样轻举妄动会不会使其余的悬案永不可破了呢？

这个念头使我走到了他的门前却又裹足不前，我只是莫名其妙地谛听着，考虑自己的下一步行动是否会引起什么不良的后果，心里正奇怪他的床是否也是空着的。这是一个深沉而万籁俱寂的时刻。过后我的冲动平复了下来。他是安静的，他也许是无辜的，冒这个险的后果也许会相当可怕。于是我转身离开了。花园里有一个造访者，它是有备而来的，它正在和芙洛拉打交道，不过它与那个男孩是毫不相干的。我又犹疑不决了，这次是为别的事，而且只有几秒钟之久。最后，我选择了一个办法。碧庐有的是空房间，问题只在于如何选择最合适的那一间。我忽然想到最合适的要算下面那一间了——虽然在楼下，可是仍可居高临下地俯视花园里的一切。它的位置就在我以前说过的那座古塔的一角。那是一个宽敞的四方形房间，布置得像一间卧室，因为大而不当，已经有好几年没有住人了，可是格罗斯太太还是把它收拾得干干净净、井井有条。我常常想住这个房间，所以对房里的情况非常熟悉。我在一进门感受到它因为废置而产生的那种寒冷和阴湿的时候略微踌躇了一下，然后横穿过它悄悄打开了一扇百叶窗。做完这些之后，我一声不响地揭开了玻璃上的障碍物，把脸凑近窗框。因为外面比里面光线充足，我看出我找的方向是对的。我看到了别的东西。月光使我透过夜色看见草地上有一个人。那个人因为距离很远而看上去身材非常矮小，站在那里一动不动，仿佛被勾魂夺魄似的向我出现的地方做凝视状——不过他凝视的不是我，而显然是在我上面的什么东西——换句话说，我的上面一定另外有人——就在那座塔上。但是，在草地上的完全不是我想象中的那个鬼魂，完全不是我充满了自信急急忙忙跑下来预备和它见面的那个。草地上的“鬼魂”——我看清之后非常难过——竟是可怜的小迈尔斯。

第十一章

等我告诉格罗斯太太的时候，已经是第二天下午了。因为要严加看管我的学生，我很难有机会和她单独交谈。尤其是我们都觉得，不使孩子和用人疑心我们正在暗暗恐慌或谈论一些咄咄怪事这点相当重要。在这方面，她外表泰然自若、若无其事的样子使我得到了极大的安全感。因为从她精神抖擞的脸上，别人绝对看不出我暗地里已告诉她那些恐怖的事。我相信她是完全信任我的，如果她不相信我，我真不知道自己会变成什么样子，因为我一个人绝对承受不了这种精神上的负担。她最能证明缺乏幻想的人是有福的。因为她如果在孩子们身上只能看到他们的美丽、和顺、幸福和智慧的话，她和我的烦恼的来源也就没有直接的接触了。如果他们是使人一目了然的形容枯萎，那么她毫无疑问也会陪着他们憔悴的。

在目前这种情形下，我可以感觉得到，当她把肥硕而洁白的胳膊合抱在胸前、宁静地望着他们的时候，她在感谢上帝，如果他们的灵魂已经被毁了的话，那么他们的残颓外表至少还敷用的。这时候她脑子里的幻想仿佛已被一个稳定的炉边火光取而代之。我已经发觉，过了许多时间而没有一件意外发生后，她一方面会生出一个新的信念："我们的小东西们到底是会当心他们自己的。"另一方面她会把最大的忧虑转到他们可怜的保护人身上。简单地说吧，我可以保证从我的脸上不会泄漏什么，可是要我在这种情形之下还得担心她的态度，那么我精神上的负担就更重了。

就在我眼下提到的这一小时内，她是经我再三邀请才肯来的。夏末秋初时分，太阳非常温和，我们并排坐在阳台上，在前面一段能听得见我们呼唤的距离内，两个孩子在下面的草地上缓慢地来回散着步，这也是他们最听话的时候。那个男孩一面走一面高声读着一本故事书，同时一只手揽着他的妹妹，使她不至于走开。格罗斯太太则用极其温柔的眼光望着他们。当她转过身来准备从我这里听到事实的另一面的时候，我意识到她本能中的不情愿。其实她是不愿成为这种阴森事实的听众的。不过在我的痛苦之下，她的耐心仿佛含有一种对我的奇怪的承认——承认我的能力和作用远超她之上。她静静听着我从容不迫地吐出我所要说的事，神情就好像我如果提议制造一种巫药的话，她也会拿出一个干净的大锅递给我的。眼下她就用这种态度听我述说前一晚发生的事。我告诉她迈尔斯和我说的话，当时我看见他差不多就站在他眼下站着的地方。在那个可怕的时候，我下楼把他接了回来。我当时在窗口就决定不惊动房子里其他的人，宁愿自己下楼去，也不采取任何比这更兴师动众的办法。现在她虽然很同情地听着我说，可我还是无法充分表达出我当时对迈尔斯敏捷的头脑是多么的钦佩，也就是我把那孩子带进屋里之后，他怎么样回答我最后提出的质问。其实我在月光满照的阳台上刚一出现，他就径直向我走来了。我一言不发地拉起他的手，领着他穿过那黑漆漆的空阁，走上昆特曾在上面如饥似渴地找寻他的那个楼梯，经过那个我曾经战战兢兢地倾耳谛听的走廊，一直到他自己的那间卧房。

在路上我们并没有交谈。我很纳闷，他那可怕的小脑袋里是否正在捏造一个不十分荒谬而有点道理的答复。现在他必须挖空心思来应付我了。知道他处在真正的窘境里，我感到有种奇怪的、胜利的兴奋。对一个漏网至今的猎物，这是一个极巧妙的陷阱。他现在不能再用无懈可击的正当行为作为掩护了，连假装都不可能了。

那么他怎样脱身呢？使我的心猛烈跳跃着的除了这个问题以外，还有一个同等的迷惘，就是我自己将会怎样呢？我现在终于面临一个前所未有的危险，就是我如果孤注一掷地提出我那可怕的问题的话，后果也许是不堪设想的。事实上我记得我们走进了他的卧室，看到了他当晚还没有睡过的那张床，还有那扇有月光透进来的窗——室内光线充足到不需要擦亮火柴。我记得我是怎么突然失去了勇气跌坐在床边，因为我意识到他一定有他所谓"制"我的方法。他可以依赖他的聪明而为所欲为。只要我仍旧相信一种古老的说法，就是看管小孩的人宣传迷信和恐惧是有罪的，他就的确有"制"我的方法。而且这方法相当聪明，因为谁能洗刷我的这种罪名呢？谁能否决我因此要受的苦刑呢？哪怕我只是轻描淡写地在我们这种美满的友谊中掺入阴森的事实。不，不！我无法告诉格罗斯太太，就和我无法在这里说出我们在黑暗中短暂的交锋之后，他怎样使我充满了钦佩一样。当时我半靠半坐在床上，当然是非常慈祥和友善地向他发问，我放在他肩上的双手从来没有那么温柔过。我当时除了问他以外，至少在形式上没有第二条路可走。

“你现在一定要告诉我……所有的实话了，你为什么出去？你在那里做什么？”

我现在还回想得起他那可爱的微笑和他的明眸皓齿怎样在黑暗中闪闪发光。

“如果我告诉你为什么，你可以谅解我吗？”我一听之下，心几乎跳到嘴边，他会告诉我其中的原因吗？我想紧紧地逼问他，可是喉咙里却没有声音出来，结果只用了一个含糊滑稽的点头作为答复。当我向他点头的时候，他极温柔地站在那里，极像一个神话里的小王子。他的神采当时对我仿佛是一种缓刑，他难道肯就这样轻易告诉我吗？就算他告诉我了，又会不会是实话呢？“那……”他最后说，“完全是为了故意让你这么想。”

“让我怎么想？”

“让你认为我坏——换个样子。”我永远不会忘记他说出这句话时的可爱和活泼。他转过头来吻着我，我接受了他的吻，于是一切问题都解决了，在我把他抱在怀里的一刹那，我使尽全身的力气使自己不要哭出声来。他给的这种解释恰好使我不能再追究下去，为了向他保证我已经接受了这种解释，我向房间四周打量了一下，然后只能说：

“那么……你根本没有脱衣服？”

他在黑暗里几乎光芒四射。“根本没有，我一直醒着，看书来着。”

“你什么时候下去的呢？”

“半夜。我想坏的时候是很坏的。”

“噢，噢……真有意思……可是你怎么能确定我会发觉呢？”

“我和芙洛拉安排好了的，”他胸有成竹地回答，“她得起来向外看。”

“她也真的这么做了。”落下陷阱的结果是我。

“她吵醒了你，你想看她在看什么，你一看就看见了。”

“你呢？”我附和着说，“站在夜风里不冻死才怪。”他在这件事上成功到可以光芒四射地给自己打圆场了。“我要是不这么做的话，怎么能显得够坏呢？”他回答。我们再度拥抱之后，这个事件和我们这场谈话就宣告结束了。最后，我从他这句幽默话里看出他所能运用的智慧是多么丰富。

第十二章

我再重述一遍吧，我当时所得到的那个印象，在光天化日之下并未使格罗斯太太充分领会，虽然我还强调指出，我们分手之前他还说了一句话。“六七个字就可以说明一切。”我告诉她，“凭着这六七个字就可以看出端倪了。他说：‘你想想看，我能做多少别的事，可是我都没有做。’[①] 他说这些是为了给我看他有多么乖巧。其实他对自己能做的事知道得清清楚楚，他在学校已经让他们尝过这个滋味了。”

“天啊，你可变了。”我的朋友叫道。

“我没有变——这些都是我研究出来的，这四个人绝对常常见面。如果你随便在哪天晚上和哪个孩子在一起，你就会完全明白了。我看得越多，知道得越久，越觉得就算我得不到什么别的确实证据，可是他们俩显然有意绝口不提他们的两位老朋友这事就足以证实一切了——就像迈尔斯绝口不提他被学校开除一样。不错，我们是可以坐在这里看着他们，他们也可以尽量做戏给我们看。可是就连眼前他们假装全神贯注在童话故事上，可心里却在想着死去的人怎么会在他们面前出现。迈尔斯并不是为念书给芙洛拉听，”我明确地说，“他们在讨论‘他们’，他们正在讲着

① 迈尔斯这句话原文为“Think, you know, what I might do！”，仅有七个单词，因此上文说六七个字就可以说明一切。——编者注

令人毛骨悚然的事，”我继续往下说，“我知道我说这些话就好像我自己疯了一样。其实我没有疯倒是件奇怪的事。因为我所看见的事足以让人发疯，可是它偏偏使我的神志更加清醒，还使我看出许多其他的事。”

我神志之清醒看上去一定相当可怕，可是被我分析的小对象们是那么可爱，那么亲密地依偎着走来走去，这足以使我的同事有保留自己意见的理由。我意识得到她把这点紧紧地抓住不放。她的眼睛在他们的身上，不管我情绪多么激烈，她还是无动于衷。“你还看出什么其他的事？”

“就是他们那种稀有的美，那种好得超乎常情的本质，以往确实曾经使我喜欢得入迷，使我因莫测高深而困惑，现在我忽然发现这些都是故意做出来给我们看的，”我继续说下去，“都是一种手段，一个骗局。”

“站在这些小宝贝的角度……”

“他们不仍旧是可爱的小孩吗？不错，我这些话听上去也实在像是疯话。”这些话说出口来，真的有助于我把这件事分析得更加清楚，使我能把所有的线索串在一起。“他们不是善良，而是心不在这个上面，他们在日常生活里温顺，只不过是因为他们还另有自己的天地。他们不属于我——不属于我们。他们属于‘他’和‘她’。”

“属于昆特和那个女人吗？”

“属于昆特和那个女人。这两个孩子想去找他们。”

格罗斯太太一听之下，睁大了眼睛端详着他们。“可是，找他们是为了什么呢?”

“因为他们爱上了这对男女在那些日子里灌输给他们的邪恶。这对男女回来显然是为了继续毒害他们，继续他们魔鬼的工作。”

“天!”我的朋友轻轻地说——这声惊叹虽然听上去非常普通，可是代表她真正接受了我所提出来的证据。这意味着在以往那些日子里——因为居然还有比现在的情形还要可怕的日子——一定发生过更糟糕的事。她是凭着她以往的经历接受我对这对男女坏到何种程度的批评的。对往事的记忆显然制服了她，使她过了一会儿说:“他们确实卑鄙龌龊，可是现在他们能怎么样呢?”她追问着。

“能怎么样?”我的声音大得使迈尔斯和芙洛拉在离我们挺远的距离走过时，也停住了脚步看着我们。

“他们做得还不够多吗?”我用较低的声音向她说着，那两个小孩一面向我们点头微笑、给我们送过来几个飞吻，一面又恢复他们的表演，这样一来把我们的注意力分散了约有一分钟之久。然后我答道:“他们可以毁掉他们。”听到这里，我的同伴陡然转过身来，不过她提出的抗议是无声的。这迫使我解释得更加清楚:“这对男女到现在还不知道应该怎么做。可是他们正在加紧试验——目前他们只在远远的地方出现，在奇怪的地方和高的地方，譬如塔尖上、屋顶上、窗户外面和湖的对岸。可是双方都有意缩短当中的距离并消除所有的障碍。所以这对诱惑者的成功只是个时间问题，他们只需继续发出他们这种危险的暗示就可以了。”

“让孩子们过去吗？”

“然后死在这种尝试上。”格罗斯太太慢慢地站了起来。后来我小心翼翼地补充了一句：“除非我们及时挽救他们。”

她站在我的面前，我仍坐在那里。她显然在盘算着。“挽救他们的应该是他们的伯父，他应该把他们接走。”

“谁去叫他这么做呢？”

她本来向远方看着，现在却转向了我，脸上的表情非常呆滞。

“你啊，小姐。”

“写信告诉他他的房子闹鬼，他的侄儿侄女都疯了吗？”

“可是小姐，他们要是真的疯了呢？”

“你的意思是说，如果我自己也真的疯了是不是？这个消息来自一个受他信任而且最主要的工作是不要麻烦他的人，倒是很有意思。”

格罗斯太太又在思考了，眼睛仍旧跟着孩子们。“不错，他最怕麻烦，这是最大的原因！”

“不然为什么那两个怪物能欺骗他那么久？这是毫无疑问的。他这种漠不关心的态度实在可怕。不过我无论如何不是一个怪物，我不应该哄着他。”

过了一会儿，我的同伴坐了下来，抓住我的手臂，仿佛她有解决一切问题的能力似的。“至少叫他来看你一趟。”

“看我？”我瞪大了眼睛，突然生出一种恐惧，她真可能这么做的，“他？”

“他应该来，他应该来帮点忙的。”

我很快站了起来，我想我当时的表情一定很奇怪。“你觉得我是那种请他来探望我的人吗？”

不是的，她的眼睛紧紧盯着我的脸，她知道我不可能是那种人。非但如此，而且凭着一个女人能够了解另一个女人的那种直觉，她也看到了我所看到的——他的嘲弄、讥笑和轻视，针对我试图独当一面时遭遇的失败，针对我怎么布好局来唤起他的注意力，来满足我不想受漠视的魅力。她不知道，也没有人知道，我对替他服务和履行我们的约定是如何的引以为荣，可是她至少看出我提出警告的严重性了。

“如果你真的被吓昏了头脑，替我去叫他来的话……”

她真的被吓到了。

“会怎样，小姐？”

“我就立刻离开你们。离开他和你。”

第十三章

和他们朝夕相处并非难事，可是和他们谈话却是一桩绝非我能胜任的工作，尤其在短兵相接的时候，种种困难和以往一样是我无法克服的。这种情形继续了一个月之久，当中平添了不少新的问题。其中首当其冲越来越严重的问题就是我的学生们对一切已经有点警觉了。我直到今天还和当时一样肯定，这并不是我可恶的幻想在作祟。我认为他们对我的心事已略有所知是绝对有根据的。我们就在这种微妙关系的笼罩下过了许久。我不会说他们用花言巧语敷衍我或做出任何粗鄙的事，因为这些都不是他们常犯的过错。我的意思是指那些未提起过的事情横在我们之间，以致我们都不得不想尽种种方法避免提及它们。那情形就像我们有些时候看见一些令我们望而却步的东西，转出我们以为此路不通的死巷，重新关上那些我们因不留神而开启的门，而关门的响声永远使我们面面相觑——因为它像所有的响声一样，永远比我们预想的要响得多。条条大路通罗马，有时候我们觉得每一门课程或每一个话题，都会使我们踏入禁地，那个禁地就是——死人复返和小孩对亡友会有什么记忆的问题。我可以发誓，有时候这两个孩子中的一个会无意间碰碰另一个说："她以为她这次就要做那件事了——可是她不敢。"所谓"做那件事"，就是譬如直接提到那位开导他们来接受我的教育的小姐。他们还有一点非常可爱，就是对我个人的经历百听不厌，我也曾一遍遍地讲给他们听。他们差不多知道所有我遇到过的事，也不厌其烦地听过我每一个小小的奇遇，连我兄弟姊妹的事都包括在内。我家里的猫狗，我父亲的许多怪癖，我家里的一切布置，甚至我们村里一些老婆婆谈话的内容，都足以成为我们的谈话资料，只要你讲得够快，而且知道应该在什么地方添些枝节。他们也有一种特别的技巧来启发我的记忆力和创造力。我事后分析，没有再比这个更令我怀疑他们是在暗中监视我的了。我们能够畅所欲言的事只有我的经历、我的过去和我的朋友。在这一点上他们常常从容不迫，倒过来补充我漏掉的地方。我被他们缠着——虽然表面上看不出什么——一遍又一遍地重讲村里某一个好好先生有名的笑话，或再证实以前讲过的牧师家里的小马是如何的聪明，等等。

这种情景，还有另一些相当不同寻常的事，再加上我现在的这些转变，更加强了我的不祥之感。虽然表面上看起来多日没有再见到鬼魂，我的神经应该平稳下去了。自从第二晚在上面楼梯口惊鸿一瞥地看见那个女人以后，我就没有再次见过任何人类最好看不见的东西——不管是在室内还是室外。虽然有许多次走过转角的地方时，我都以为会撞到昆特，还有许多次——在某种恐怖的情况下——也许有利于杰塞尔小姐的出场。夏天已成陈迹，秋意笼罩着碧庐，吹走了我们一半的阳光。灰色的天空，枯萎的花朵，空出来的地面和遍地的枯叶，使那个地方像一个刚演完戏的剧场，地上布满被揉皱了的戏单。当时四周的气氛，声音和静寂的交替，对那种侍奉上帝时刻的难以形容的感知，都使我联想到六月的那个夜晚我在花园里第一次看到昆特时的那种感觉。那种感觉和有几次我从窗里望见他之后到那丛矮树里去找他，可是没有找到的那种情景一般无二。我记得那些征兆和预感，也记得那时间和地点，可是我仍旧一无所见，也没有受到任何伤害——如果可以用“没有受到任何伤害”这几个字来形容一个感受力非但没有减弱反而增强了（以最奇怪的方式）的年轻小姐的话。在谈到和芙洛拉在湖边的那次恐怖经历的时候，我最初就曾经告诉过格罗斯太太，对于我而言，失去这种见鬼的能力要比保有它痛苦得多，她听后觉得很奇怪。我当时是企图表达出我脑子里清清楚楚的事实，就是不管孩子们究竟看见了没有——这点仍没有完全证实——为了安全起见，我宁愿自己去目击一切。我已做好准备去面对我将要看到的最坏的一面。当时我最怕的就是自己的眼睛被蒙住，而他们却可以看到一切。而现在我的眼睛的确是被蒙住了——在这种情形之下，不感谢上帝似乎有亵渎的嫌疑，可是这里面也大有问题：如果我没有证实我的学生们的秘密的话，我真的会用全心来感谢他的。

今天我怎么能够回想得出当时那些魂牵梦萦的事呢？我们在一起的时候，我甚至可以发誓——我对他们的直接感觉已经被封闭了——孩子们竟当着我的面接待他们所欢迎的熟客来访。如果不是考虑到这种行为可能引起的后果会比原本那个结果还要坏的话，我一定会激烈地喊：“他们在这里，他们在这里，你们这两个小可怜虫。”我更会叫：“你们现在不能抵赖了。”可是那两个小可怜虫却用加倍的和蔼和温柔，到底还是赖得一干二净了。在那澄清的深渊里——像一条鱼一样一闪一闪的——偷偷冒出水面的，是他们嘲弄别人的本事。给我打击最重的一点是在星光之下找寻昆特或杰塞尔小姐的时候，看见我小心看护的那个男孩子，在我把他带进去的时候向我投来的那种仰视的可爱表情，也正是他在一分钟前投向塔顶上的昆特的表情。如果这只是一场惊吓的话，那么我这次的发现使这场惊吓比以前任何一场都来得大，主要还是在这种受惊的情况之下，我获得了真正的结论。这些结论，使我有时候把自己关在房间里，出声地排练那种能正中靶心的讲话方式——这常带给我一种不可思议的安慰，不过它很快就会被绝望取而代之。我会从各方面靠近问题的中心，在房间里来回走着，坐立不安——可是我总在指名道姓的时候颤不成声。当这些字在我唇边消失的时候，我告诉自己，如果我把他们卑鄙无耻的行为说出来的话，我自己也就破坏了一条在教室里应该严格遵守的规则——尤其是在这个教室。最后我总是对自己说："他们还遵守这个规则，一言不发，可是你这受人重托的人反而有脸说出来。"我觉得我的脸红了起来，只好用手捂住它。在这些秘密场景之后，我就说得更起劲了，滔滔不绝地说下去，一直到一阵不可思议的静寂突然降临——我只能这样措辞——令人头晕目眩地游进一种静默的状态，一种万籁俱寂的境界。这寂静和我们当时发出的声音毫无关系，我从任何高声的谈笑和响亮的琴声中仍旧听得到它。在这些时候，那两个不速之客正在那里。虽然他们并非天使，可是他们也具有法国人所谓的"灵性"，这使我在他们在房中的时候毛骨悚然，怕他们会对这两个小小的对象吐露任何比给我的还要邪恶的暗示，并让他们看到比我看到过的还要明显的形象。

最难摆脱的要算那个可怕的念头，就是无论我见到了什么，迈尔斯和芙洛拉见到的一定比我还要多。一些可怕而不可思议的东西来自他们以往可怕的关系。在表面上，这些事情当然留下了刹那间的僵窘，于是我们就用喧嚷来否认我们已经有了这种感觉。而我们三个人经过一次又一次的训练，已经可以在每次结束的时候，做着同样的几乎机械化的动作。他们会出其不意地吻我，两人中任何一个从来不会忘记问那个使我们捱过许多难关的问题："你想他会来吗？你看我们是不是应该写封信给他呢？"我们从经验上知道，没有什么能比这个问题更容易解决这种尴尬的场面。他当然是指他们住在哈里街的伯父。我们生活在一种信念之上，就是他随时可能莅临，加入我们这个小小的团体。对于这个信念，他给我们的鼓励少得不能再少了。如果没有这个信念做精神的支持，我们一定彼此都会少看到几场最佳的表演。他从来没有写过信给他们，这也许很自私，不过这是他对我完全信任的表现之一。因为一个男人给一个女人最高的评价，多半是为了让她对他生活上的舒适有所贡献。我为了遵守和他之间的协定，绝不向他做任何恳求，所以我使我的小朋友们明白，他们的信是可爱的文学练笔，美好得令人舍不得邮寄。这些信我已保留了下来，到现在还收藏着。这样做似乎和我希望他随时可以莅临的心情有所抵触，而我的小朋友们仿佛知道这对我而言将是尴尬到不能再尴尬的场面。现在我回忆当时那种情形，最奇怪的就是，我精神上的紧张和他们精神上的胜利并没有使我对他们有不耐烦的感觉，这足以证明他们确实非常可爱，因为我居然对他们没有心生恨意。如果久而久之没有解慰的话，我最后会不会露出我的愤懑呢？这个倒是无足轻重的，因为解慰来临了。我把它叫作解慰，虽然它完全就像一根绳索在压力下断为两截，或闷热的天气中一阵风雨突然而至一样，但无论如何这至少是个变化，而这个变化来势迅猛。

第十四章

那是一个星期日，我们向教堂走去。小迈尔斯走在我的身边，他妹妹走在前面伴着格罗斯太太，遥遥可望。记得那个早晨天气晴朗，是数月以来的第一次。一夜之间，带来了一层薄霜和爽朗而凛冽的秋意，使教堂里的钟声听上去别有一种欢乐的音韵。奇怪的是我偏偏在那个时候心血来潮，为我的小学生们对我的服从而衷心感激。

“他们为什么不憎恨我这种毫不间断地监视他们的行为呢?”

我忽然进一步地理解到，我现在差不多可以说是把两个孩子用针别在我的披肩上了。就是现在我也好像正在押解着我的同伴在他们后面走着，就像唯恐有什么暴动出现一样。我看上去颇像一个狱卒，时时在防范有什么意外或潜逃发生。不过他们这种可爱的服从，只是最莫测高深的事实之一而已。

迈尔斯穿着他伯父的裁缝别出心裁替他缝制的专供星期日穿的衣服，再加上他的仪表和气派，所有可以独立的特权、所有男性的尊严和他的身份地位都一览无遗，所以假使他突然提出要恢复自由的要求的话，我也是无话可说的。

我凑巧正在纳闷，假如“革命”真的发生了，我应该怎么应付。我称之为“革命”，是因为我现在才知道他说完他想说的话之后，这出恐怖戏的最后一幕也将应声开场了，一直发展到那悲惨的结局。“喂，亲爱的……”他和颜悦色地说，“我到底什么时候才可以回学校去啊！”

现在这句话写在纸上似乎毫无恶意，特别是他是用那甜美、尖锐而又轻松的声音说出来的。对于所有和他谈话的人，尤其是对与他寸步不离的家庭教师，他的语气抑扬顿挫，美好得像一朵朵的玫瑰花一样向人抛来，里面总有些令人动心的东西，使我的心怦然一动，令我立刻停下脚步，仿佛公园里有棵树突然倒下横在我脚前一样。就这样我们之间又出现了一个新的变化，他清清楚楚地知道我已经看出了这一点，虽然为了使我能看得出来，他并不需要看上去比往常虚伪或可爱。我可以感觉得出来，他从我最初无言以对的神情中已经知道自己占了上风。

我迟迟想不出该怎么答复，这让他有时间带着他那意味深长的含糊的微笑继续说道：“你知道，亲爱的，让一个男人永远和一位小姐在一起……”

他这“亲爱的”三个字既有礼貌又顺口，是他时常对我挂在嘴边的，而这个称呼里那种亲昵的意味正是我希望从学生们身上得到的。

可是，当时我是多么辛苦地思索应该如何措词啊——我记得为了争取时间，我曾经尝试发笑，从他那注视着我的美丽眼睛里看得出我当时表情一定丑而且怪。“何况总是和同一位小姐在一起呢。”我回应道。

他没有脸红，连眼睛都没眨一下。我们已经摊牌了。“当然她是位非常好的小姐，可是不管怎么样，我总归是一个男人——

这点你还看不出来吗？一个要有发展的男人。”

在和他停留了一会儿之后，我极温柔地答道：“是的，你是要有发展的。”可是我仍旧觉得束手无策！

我到今天还保留着那个伤透了我心的念头，就是他把我这种无言以对的情形看得非常清楚，而且予以充分的利用。

“还有，你也不能说我的品行没有好得出奇吧？你能这样说吗？”

我把手放在他的肩头，虽然知道继续往前走要好得多，可是我一步也走不了。“不，我不能这么说，迈尔斯。”

“除了那天晚上，你知道……”

“哪天晚上？”我不敢像他逼视着我一样逼视他。

“就是我下楼……走出屋子那天。”

“哦，对了……可是我忘了你为什么要那么做了。”

“你忘了！”他带着小孩指责他人时那种可爱的夸张语调说，“就是故意给你看看我可以那么做。”

“哦，是的，你可以。”

“而且还可以再来一次。”

我觉得我也许可以保持我的理智。“当然啰，可是你不会这么做的。”

“是的，不会再这么做了，很无聊。”

“是很无聊，”我说，“可是我们该往前走了。”

他继续和我向前走，把手插在我的臂弯里。“那么，我到底什么时候可以回去呢？”

我考虑之后，摆出极负责任的态度说："你在学校非常快乐吗？"

他只略为斟酌了一下。"我在什么地方都一样地快乐。"

"那么，"我吞吞吐吐地说，"如果你在此地一样快乐的话……"

"但是，这个不能解决一切！当然你知道许多东西……"

"你是不是认为你知道的差不多有我这么多？"我冒险问道。他顿了一顿。

"还不到我想知道的一半呢，"迈尔斯诚恳地表示，"可是这还不是问题的关键。"

"那么关键是什么呢？"

"我要多见识见识。"

"噢，噢。"我们已经走到可以望见教堂和许多人的地方了，其中包括碧庐几个用人。他们正预备进去，现在围在教堂门前让我们先进。

我加快了步伐，我要在我们之间的问题变得更加明朗之前进去。我急切地沉思着，进去之后他将不得不沉默一个多小时。我渴望那光线暗淡的教堂的座位，渴望那个我将要跪在上面的膝垫，它也许可以给我一点精神安慰。

我仿佛正在和他将要使我感到的难堪进行着精神上的赛跑，可是我终于感觉到他已经捷足先登了，因为在我们走过教堂墓地以前，他说话了：

"我要和跟我同一个等级的人在一起。"

这使我身子向前一栽。“和你同一个等级的人恐怕没有几个，”我勉强笑道，“除了亲爱的小芙洛拉。”

“你真的拿我和一个小女孩比?”

这句话使我觉得四肢软弱无力。“那么，你难道不爱我们的小芙洛拉吗?”

“如果我不爱她……也不爱你呢? 如果我不……”他一面重复地说，一面往后退了一步，仿佛要扑过来一样。可是他的话竟说得那么不完整，以致我们再停下一次是不可避免的了，终于他用手臂施了压力使我停住了脚步。那时候格罗斯太太和芙洛拉已经走进了教堂，其他的信徒也尾随在后，所以只剩下我们还在那密密麻麻的坟墓当中。我们终于在通往正门的小路上停下，身旁是一座椭圆形的、矮小得像桌子一样的坟墓。

“是的，如果你不呢?”

我等待着，他向四周那些坟墓打量了一番。

“那么你知道的。”他没有移动。

他随后说出来的话使我跌坐在那方墓石上，仿佛突然需要休息一样。“我伯父和你的想法一样吗?”

我故意做出休息的样子。“你怎么能够知道我的想法?”

“我当然不知道啰。因为我看出你是不肯告诉我的，我的意思是他知道不知道?”

“知道什么，迈尔斯?”

“知道我现在这种情况。”

我很快看清我对这个问题的任何答复都会牺牲我的东家，暴露他真正的态度。但是我又觉得我们碧庐所有的人都牺牲得够了，所以相形之下，这个已经无足轻重了。

“我知道你伯父根本不会关心这件事的。”

迈尔斯听后，仍旧站在那里望着我。“那么，你看他会不会被弄得关心这件事呢？”

“用什么方法？”

“他来到这里就会自然而然地关心了。”

“谁会叫他来呢？”

“我。”

那孩子特别明快地强调说。过了一会儿，他又用充满了这种意味的眼神望了我一眼，然后自顾自地向教堂走去。

第十五章

从我没有跟他进去的那一分钟起，这件事就算大局已定了。我知道我这是一种可怜的、意志薄弱的屈服，可是知道这点并没有使我获得恢复常态的能力。我只是坐在那方墓石上，细细琢磨我的小朋友和我所说的那些话的含义。等到想好以后，我同时也想出了缺席礼拜的借口，因为我不好意思给我的学生和整个团体一个迟到的榜样。我告诉自己，迈尔斯已经从我嘴里套出了点什么，证据便是他使我目前难堪地瘫痪在墓石上。他已经从我嘴里把我所有的顾忌套了出来，而他也许会利用我这些弱点来替自己争取更大的自由。我所顾忌的就是，他被学校开除的原因绝对和他那些恐怖的秘密有关。严格说来，我也许应该希望他的伯父莅临，和我彻底研究这种情况。可是我没有勇气面对这一措施将会带来的丑恶和痛苦。于是我无限期地拖了下去，过着一种得过且过的生活。使我深感不安的是，那孩子绝对有资格理直气壮地对我说："你除非和我的监护人弄清楚我的学业为什么被中断，否则就停止要求我同你过这种对一个男孩子来说极不正常的生活。"可是在我看来，最不正常的——对在我照护之下的这个孩子来说——倒是他那突然间显露出来的警觉和阴谋。

这是我没有走进教堂的真正原因。我绕着教堂踱着，踌躇而彷徨，回想着我在他面前已经把自己的威信损伤到不可收拾的地步，再也没有办法弥补了。所以要让我挤到教堂里的座位上在他身旁坐下，是一件极为难的事。他一定会更有信心地挽着我的手臂，让我在那里坐一小时，默默地思索我们刚刚讨论的事。这使我想到，从他回来的那一分钟起我就想离开他的。当我在那高高的东窗底下停下脚步谛听礼拜声的时候，我忽然感到一个极可能制住我的冲动，甚至可以整个地制住我，哪怕我只给它最低限度的鼓励。这就是，我可以轻而易举地结束我所有的痛苦，只要我肯掉头不顾而去——而现在就是我的机会，现在没有人会拦住我不放。我可以放弃一切转身就走。我只需赶快回到碧庐做一些准备工作——这些用人都在做礼拜，碧庐想必差不多是空的了——换句话说，如果我坐车绝尘而去的话，没有人会责难我。如果我在晚饭以前回来，那又算得了什么呢？只不过几小时而已，到末了——我有先见之明，我的小学生们对我不追随他们走进教堂这一点，一定会做种种天真的揣测的。

“你干什么去了？你这淘气的坏东西，为什么让我们着急呢？弄得我们礼拜都没心思做，你知道不知道？你是不是在门口抛下我们的……”我不能面对这些问题和他们问问题的时候那两双美丽虚伪的眼睛。可这正是我将来必须面对的，这个前景在我脑子里越来越明朗，使我终于大胆走了。

当时——只限于当时——我真的走了。我一面考虑，一面从来路走出墓地，踏上了归途。等我走进家门的时候，我知道自己已经打定主意不告而别了。当时我一个人也没有遇到，感觉屋里屋外都充满了一种星期日特有的寂静——这使我想起这倒是一个绝好的机会。这样悄悄地溜走可以避免吵闹，甚至于连一句话都不用讲。我的准备工作要做得极快极快——因为车辆是个极大的问题。站在大厅里被种种困难和阻碍搅扰着的时候，我记得自己突然跌坐在楼梯最低的一级台阶上——不久我就感到一阵恶心，因为我记起一个月以前，在半夜的黑暗中，正是在这个地方，我曾经看见过那个最恐怖的女人的鬼魂——想必为了种种邪恶的理由——也像我现在这样弯着腰坐在这里。想到这里，我立即站起身来，精神恍惚地继续向上直奔教室，因为那里面有我需要带走的东西。可是把门打开之后，一刹那间我发现自己的眼睛被打开了，我所看见的东西使我倒退了几步。

在中午清朗的光线里，我看见一个人坐在我的桌子前。如果没有以往经验的话，我也许会随便把她当作那个留在家里看守一切的女佣——她也许是趁无人之际，手边又有我的钢笔、墨水和纸张，正在充分利用它们绞尽脑汁地给她的情郎写信。我说绞尽脑汁，是因为她正两臂支在桌上，显得很疲倦地手托着头。可是在我把这一切看进眼里时，我感觉到虽然我已经走了进去，她仍旧若无其事地保持着那种姿态。在那个时候——就在我那个念头油然而生的时候——她变换了姿态，于是她的身份也暴露了。她站了起来（不像是因为听见我来了的缘故），脸上带着一种难以形容的漫不经心和庄严的忧郁。正是那个卑鄙龌龊的前任家庭教师，她就站在离我约十二尺远的地方。这个身败名裂而身世凄惨的女人全身出现在我的眼前，我瞪大眼睛看着她，把她收入我的记忆：她那和夜一样黑的衣服，那憔悴不堪的美和那难以言表的悲痛……但是这个可怕的形象还是逝去了。她瞪视着我的时间长到使她已经向我充分表达出她有坐在我桌前的权利，就和我有权利坐在她桌前一样。这时候有个念头油然而生，使我感到一阵彻骨的寒冷，那就是：不速之客是我而不是她。为了向这个念头做强烈的抗议，我向她大声地喊出："你这可怕的、倒霉的女人！"我听见自己的声音响了起来，门是开着的，那声音便一直传到那长长的过道上，震动了整个空旷的房子。她看了看我，仿佛听见了我的话。随后我恢复了常态，空气也清净了。下一分钟内，房子里什么都没有了，除了阳光和一个意识——我不能走，我必须继续待下去。

第十六章

我满心以为他们回来之后会有所表示的，所以等到我看见他们一言不发、对我临时撤退不置一词的时候，我重新感到不安了。他们并没有兴高采烈地责备和抚慰我，而只是对我的不告而别一字不提。看到格罗斯太太也一声不响的时候，我开始打量她那奇怪的脸色。那脸色使我确定他们一定是用了什么方法引诱她保持缄默的，不过只要我有机会和她单独在一起就可以打破这种缄默。在喝茶之前这个机会来了，我在管家的房间里和她有五分钟的谈话时间，我发现她痛苦而安静地坐在火炉前。那是黄昏的时候，室内弥漫着新出炉的面包的香味，房间收拾得干干净净、有条不紊。她那种样子我现在还历历在目，那也是她给我留下的最好的印象：她面对着火光坐在那张直背椅上，就在那个一尘不染的阴湿的房间里。这幅存在于我脑子里的宽阔而干净的画面一直保存在我的记忆抽屉里，这抽屉是关着的、锁着的，永远打不开。

“不错，他们是叫我什么也别说！所以为了让他们满意，我自然答应了，反正他们还在那里就行了。可是，你到底出了什么事？”

“我和你们一起去本来就是去散步的，”我说，“然后我预备回来看一个朋友。”

她露出惊奇的样子。“一个朋友，你？”

“不错，不止一个，我有一对呢！”我笑着对她说，“那两个孩子没有给你一个理由？”

“为什么不提你离开我们这件事的理由吗？他们倒是给了一个理由，他们说你比较喜欢这样，你是比较喜欢这样吗？”

我的脸色使她迷惘。“不，我并不喜欢这样。”过了一会儿，我又补充了一句：“他们有没有说我为什么比较喜欢这样？”

“没有，迈尔斯少爷只说‘只有她喜欢的事，我们才应该做’。”

“我倒希望他言行一致呢！芙洛拉说了些什么？”

“芙洛拉小姐可爱极了，她说：‘那当然啰，当然啰。’我也这么说来着。”

我想了一会儿。“你也很可爱，我可以想象得出你们说话时的那种情景。不过无论如何，迈尔斯已经和我摊牌了。”

“摊牌了？”我的同伴眼睛睁得很大，“什么事啊，小姐？”

“所有的事。不过没有关系，我已经打定主意了。亲爱的，我回家来……是为了和杰塞尔小姐谈话的。”

我在那时已经养成了一种习惯，就是每次提起这种事之前，先稳住格罗斯太太的情绪，所以即使当时说出了这个名字，我仍旧能使她比较安稳，因为她只是勇敢地眨了眨眼说：“谈话！你是说她开口了？”

“已经快到那种程度了。我回来之后，发现她在教室里。”

“她说了些什么？”那善良的妇人发问时的语调，我至今记得，还有她那种坦率的大吃一惊的样子。

“她说她正在受着苦刑。”

这样的一句实话，使她在悟出我这句话全部的含义后变得张口结舌。“你的意思是说，”她嗫嗫嚅嚅地说，“她下了地狱？”

“下了地狱，而且永远不得翻身。所以为了让别人分担她所受的苦刑……”我自己也因为这里面恐怖的意义而说不下去了。

可是我的同伴因为幻想力较弱，仍旧逼着我往下说。“为了让别人分担……”

“所以她要争取芙洛拉。”要不是我早有准备的话，格罗斯太太一定会往后倒下去的。可是我仍有办法掌控她的情绪，让她知道我早有准备。“我已经告诉过你，这倒没有什么太大的关系。”

“因为你已打定主意了是不是？什么主意呢？”

“去把他们的伯父请来。”

“小姐，求求你，就这样办吧。”我的朋友喊了出来。

“我会这么办的，我现在已看出来，这是唯一的办法。我和迈尔斯的所谓摊牌，就是如果他以为我是怕请他的伯父来……那么他想错了。他觉得他可以利用这点得到什么好处。我一定会把一切一五一十地说给他伯父听，必要的话，当着那孩子的面也没有关系，如果他伯父抱怨我没有在让他回学校就读这件事上尽力的话……”

“怎么样呢，小姐……”我的同伴追问着我。

“我不是还有那个可怕的理由吗？”

可怕的理由显然是那么多，所以我那可怜的同事如果一时不明就里的话情有可原。“可是，哪一个啊？”

“就是拿出以前那个学校来的那封信。”

“你要把它拿给东家看？”

“我当初刚接到那封信就应该交给他看的。”

“不，不行！”格罗斯太太坚决地说。

“我可以让他知道，”我无动于衷地继续说道，“我之所以不能解决眼前这个问题，是因为这个孩子是被学校开除的……”

“而且我们始终不知道是因为什么。”格罗斯太太表示。

“是因为邪恶……除了这个以外，还会有什么别的原因吗？他那么聪明、漂亮和完美。他笨吗？不整洁吗？品性坏吗？都不是。我们可以说简直挑不出他一点毛病来，所以唯一的可能就是因为‘这个’，而‘这个’一说出来，什么都可以真相大白了。”我说，“其实，这倒是他们伯父的错，谁叫他把那些家伙留在这里……”

“他根本就不知道他们的为人，这是我的错。”格罗斯太太的脸变得相当白。

“你不会受到非难的。”

“孩子更不能。”她加重语气回答说。

我沉默了半晌，和她互相看了一阵。“那么我告诉他什么呢？”

“你什么都不用告诉他，我告诉他好了。”

我盘算了一下说：“你的意思是说你写信给他……”想起她不识字，我收回了我方才的那句话。“你怎么写呢？”

“我去告诉总管，他会写。”

“你希望让他知道我们的这个故事吗？”

我的问题充满了讽刺的意味，其实并非故意和她过不去。这问题使她过了一会儿完全软化了，她的眼睛里又含满了泪水。“小姐，还是你写吧。”

“好，今晚就写。”我最后回答，说完之后我们就分开了。

第十七章

晚上，我甚至真的动手写了。天气忽然变了。外面刮着大风，在我的卧室里，芙洛拉安睡在我的身边，我在一张白纸前面坐了很久，倾听窗外风吹雨打的声音。最后，我拿着一支蜡烛走了出去，穿过那条过道，走到迈尔斯房门外谛听着——我时时都在念想，希望能发现他有什么不安的动静。不久居然被我听到了，但是并非我预期的那种。他那银铃般的声音响了起来："我说——你啊——进来吧。"这就是昏暗中的欢乐。

我举着蜡烛走了进去，发现他躺在床上，非常清醒，也非常安逸。"你又在打什么主意呢？"他和气地问我，使我想到格罗斯太太如果在场的话，她一定找不到我们已经"摊牌"的迹象。

我拿着蜡烛站在他的床头。"你怎么知道我在那里？"

"当然知道啰，我听见的嘛。你以为你一点声音都没有吗？你像一整支马队那么吵呢。"他笑得很美。

"那么你没有睡着。"

"大概没有，我醒着，想事来着。"

我故意把蜡烛放在离我们不远的地方。等到他把我握惯了的手和气地伸过来时，我就在他的床边坐了下来。"你在想些什么？"

"除了想你以外，还有什么好想的呢？"

“你这么喜欢我，我当然很高兴，可是我倒不一定需要你用这种方式来表现，我宁愿你睡觉。”

“我还在想，你知道我们这些怪事……”

我注意到他那只坚实的小手是多么的冷。“哪些事，迈尔斯?”

“就是你管教我的方法……还有其他的。”

我屏住气约有一分钟。借着那支摇曳不定黯淡的烛光，我可以看见他正在枕上向我微笑。

“你说的其他事是指什么?”

“你知道的，你知道的。”

我一时无言可答，虽然我握着他的手，我们的眼光在不断地接触，可是对他的指责，我似乎已经默认了。在我们的现实世界里，大概没有什么比我们之间的真正关系更令人难以置信的了。“当然你可以回学校，”我说，“如果你是为这个不痛快的话。可是不能回从前的那个了，我们一定要另外找一个比那个更好的学校。你从来没有提起过，也从来没有告诉过我，我又怎么能知道你在为这个不痛快呢?”

他那清爽的正在静听中的脸配上滑润洁白的皮肤，使他像儿童医院里一个困惑的病人一样惹人怜爱。我看出这个相似之处以后，忽然觉得我情愿放弃世上一切，去当一个可以帮助治愈他的看护或修女。不过就像现在这样，我对他还是可以有所帮助的。“你知道，你在我面前对你的学校一个字也没有提过……我的意思是说从前的那个……你从来没有用任何方式提过它。”

他似乎很奇怪，于是用同样美好的表情看着我。显然他在争取时间，在等待，等待某方的指示。“我没有提过吗?”我不是能对他有所帮助的人——能对他有帮助的是我遇到的那个东西。

当时他的语气和脸上的表情有点尴尬，我看穿之后心上一阵剧痛，这个情形对于我而言是前所未有的。看见他在邪法之下挖空小小的心思来扮演天真无邪的角色，而且必须时时刻刻注意不要露出马脚来，真使我一时难以言表地受了极深的触动。“没有……从你回来的那个时候起，你就从来没有在我面前提过任何一位老师和同学。就是你学校里的事情你也一点没有提起过——从来没有，小迈尔斯，那里发生过什么事你从来没说过。所以你可以想象得到我完全是在黑暗里摸索，一直等到你今天早上那样直说出来。从我第一次看见你起，你就从来没有提过任何和你过去有关的事。可是你又似乎很能接受现实。”奇怪的是，他潜在的早熟——不管我怎么称呼那个恶毒的影响，那些我只敢隐约道出的东西——除了使他内心痛苦之外，还使他像一个成年人一样容易接近，迫使我把他当作一个智识水准和我相等的人看待。“我还以为你就要像这样过下去呢。”

我注意到他听后脸微微地红了起来，然后就像一个大病初愈的人有点疲倦时那样有气无力地摇了一下头。“我不，我不，我想离开这里。”

“你在碧庐住烦了?”

“不是的，我喜欢碧庐……”

“那么……”

“你知道一个男孩子喜欢什么吗?”

我觉得我并没有迈尔斯知道得清楚，所以我又去找寻那个暂时的避难所。“你想去找你伯父？”

他一听之下，用那可爱的带着嘲笑的脸在枕头上做了一个动作。“啊，你用这个可敷衍不过去了。”我静了一会儿，心想现在脸红的是我了。“亲爱的，我并没有想敷衍过去。”

“你就算真的想，你也不能的，不能的。”他睡在那里，美丽的眼睛注视着我。“我的伯父必须来一趟，你们一定要彻底地把事情解决一下。”

“如果我们这样做，”我用同样的态度回敬他，“你恐怕会被送到很远很远的地方去。”

“你难道不明白我就是在往这个方向努力吗？你一定要告诉他——你一向瞒着他的事。你一定要告诉他许许多多的事。”

他说话时那点热烈的情绪，使我想和他继续说下去。“你也有许多事必须告诉他呢！迈尔斯，他会问你一些事情的。”

他考虑着。“很有可能，可是会是哪些事呢？”

“就是你从来没有告诉过我的那些事。说出来好使他决定怎么处置你，他不能把你送回……”

“我不要回去，”他插话进来，“我要一个新的天地。”

他说这话的时候带着一种令人钦佩的宁静和无可指摘的欢愉。正是这点使我深深地感受到不正常孩子的悲剧——他很可能在三个月之后重新出现时，仍旧带着现在这种精神状态和更大的耻辱。我感到这是我无论如何难以忍受的。这个念头使我失去了对自己的控制，我扑到他身上，心里充满了怜惜，温柔地拥抱着他说："亲爱的小迈尔斯，亲爱的小迈尔斯。"

我的脸离他的脸很近，他用一种宠溺、幽默的态度准许我吻着他。"怎么了？老太太。"

"你真的没有……没有话要告诉我吗？"

他略微转过身去，面向墙抬起手来看着它，就像我们常常看见病孩做的那种动作。"我已经告诉过你了，今天早晨已经告诉过你了。"他说，我非常替他难过。"那么你只叫我不要打扰你？"他又转过身来看着我，仿佛承认我对他的了解，然后极温柔地说："只要让我自由自在的。"他回答的这句话里面有一点奇怪的小小的尊严，使我放开了他。可是当我慢慢站起身来的时候，我仍旧留在他身旁不走。上帝知道我从来没有想控制他，可是我觉得就这样转身离开他等于遗弃了他，或者说得更贴切一点——失去了他。"我刚刚开始写信给你伯父。"

"好……写完它啊。"

我等了一会儿问："以前到底是怎么一回事？"

他仰起脸来望着我。"什么以前？"

"在你回来以前，在你离开这里以前。"

他顿时一言不发，可是眼睛继续望着我。"怎么一回事？"

从他吐出这些字的声音里，我第一次听出一种轻微的颤抖，仿佛他已经有和我站在同一阵线的意思了。于是我在床边跪了下来，重新抓住这个占有他的机会。"亲爱的小迈尔斯，亲爱的小迈尔斯，你要是知道我多么愿意帮助你该有多好。只是这点，除了这点以外我什么心思都没有。我情愿死也不愿让你遭受痛苦或伤害。我情愿死也不愿伤你一根头发，亲爱的迈尔斯。”我现在把心里话都倒出来了，虽然我说得也许太过露骨。我这番心里话即刻的反应，就是一阵阴风不知从什么方向吹来，使整个房间都受到了震动，窗户仿佛已经被吹倒了。那孩子的一声尖叫混在其他震耳欲聋的声音当中，听来很含糊，虽然我和他离得那么近，可还是不知道那叫声是出自快乐还是恐惧。我立刻站起身来，这才意识到四周已漆黑一片。我们继续处在黑暗里。我向四周看了看，窗帘没有动，窗也是关得紧紧的。“蜡烛怎么熄灭了?”我喊道。

“是我吹灭的，亲爱的。”迈尔斯说。

第十八章

第二天的课后，格罗斯太太抽了个空，很沉静地对我说："小姐，你那封信写好了没有？"

"已经写好了。"可是我当时没有言明，这封信虽然地址已经写好，信口也已封好，可是仍放在我的衣袋里。反正在信差到村里来以前，我总会有时间把它发出去的。同时我那两个学生今天早晨的表现，可以说是从来没有这么精彩、这么模范过，仿佛他们是存心要弥补我们最近感情上的裂痕一样。他们做完令人头晕的算术习题，头脑之敏捷远超过我，然后兴高采烈地把历史和地理上的问题当作笑话般开起了玩笑。尤其是迈尔斯，他显然故意想让我知道，他如果要使我失望是多么容易。在我记忆当中，这个孩子其实生活在一种难以言表的美和痛苦的交织中。他所流露出来的每一个冲动，都有一种高贵的特质。任何一个正常小孩都不会比他更聪慧、更像一个真正的小绅士，而对不明就里的人来说，他几乎是无邪和自由的化身。我必须时时刻刻防止自己向他做好奇的凝视，这是因为我对他有特殊的了解。我同时也必须及时抑制对他做失神的注视或失望的叹息。这些会流露出那个我时常思索而无法破解的谜，就是这样的一个小绅士怎么会做出那种应该受到惩罚的事。如果我凭着自己知道的那桩黑暗的事，猜出他已经看到所有的邪恶而且看得很清楚，那么我心里所有的正义感迫使我觉得应该在得到他做出那种邪恶之事的切实证据后，再做别的打算。

在那可怕的一天里，他表现得比以往任何时候都更像一位小绅士。我们提早吃过晚饭之后，他特地走到我面前，问我想不想听他弹半个小时钢琴。就是大卫给扫罗王弹琴也不能把这个意思表达得更好了。其实这充分显示了他手段的圆滑和气量的宽宏，等于他直截了当地对我说："我们喜欢读的那些真正的武士，从来不乘胜逼人太甚。我现在明白你的意思了，你的意思是只要让你自由自在的，不逼迫你，你就会主动停止干涉我的行动或暗地侦查我，不把我拴在你的身旁而准许我来去自由了。我'来'了，你知道，可是我不'去'了。反正有的是时间呢。其实我的确很喜欢和你在一起。我只不过想告诉你，我是对你定下的规则提出抗议。"你可以想象得出，我怎么能抵挡得住这无言的控诉，怎么能拒绝和他手挽手向教室走去。他在那架古旧的钢琴前坐下，而我从来没有听他弹得像那天那么好过。如果有人认为他还是去踢足球比较好，那么我只能说我完全同意这种看法。因为就在他的琴声影响之下，我渐渐地忘却了一切，过了一阵又突然惊醒了过来——有种在岗位上睡了一觉的那种奇怪的感觉——其实这是午饭后在教室里的壁炉旁，而我其实并没有睡去，只是做了一桩比睡着还要错误的事：我竟忘却了一切。这时候芙洛拉到什么地方去了呢？我问迈尔斯这个问题，他继续弹了一分钟之后才轻描淡写地回答："怎么？亲爱的，我怎么会知道呢？"然后他又突然高兴地笑了起来，仿佛立刻需要唱歌伴奏一样，放声唱出一支不连贯的曲子。

我回到自己的房间，可是他的妹妹并不在那里，因此我在下楼前又找了几个房间。既然什么地方都没有她的影子，我想她一定是和格罗斯太太在一起了。这个想法给了我一点安慰，于是我立刻去找格罗斯太太，结果在我前晚找到她的地方又找到了她，不过这次她只是用恐惧和茫然无知的表情来回答我焦急的询问。原来她以为饭后两个孩子都是被我带走了。她自然有她的理由，因为让那小女孩走出我的视线而没有做任何防范，这对我来说还是第一遭。当然现在她也可能是和那些女用人在一起，所以眼下我们只能不动声色地去把她找回来。我们很快就商量好，结果十分钟以后——在我们分头执行寻找她的计划以后——我们在厅里再度碰头了，经过极仔细的询问之后，我们找寻她的计划已完全宣告失败。所以一刹那间，我们除了东张西望找她以外，只能默然地交换彼此的恐惧。我可以感觉到不管当初我给了我的朋友多少惊恐，现在她已经加倍奉还我了。

“她一定是在上面，”格罗斯太太最后说，“在你没有找过的那几个房间里。”

“不，她在远处，”我已经胸有成竹了，“她已经出去了。”

格罗斯太太睁大了眼睛。“连帽子都不戴吗？”

我的眼睛自然也瞪得很大。“那个女人不是也总不戴帽子吗？”

“她和‘她’在一起？”

“她是和‘她’在一起，”我断然地说，“我们一定要找到她们。”

我用手抓住了我朋友的胳膊。她听了我这番话后，一时吓得对我的抓握毫无反应，站在那里不安地问道：“那么迈尔斯少爷在哪里呢？”

“哦，他和昆特在一起，他们在教室里。”

“天哪，小姐。”我的看法，还有我的语调，我相信从来没有这么平和和肯定过。

“他们要花样了，”我继续往下说，“他们的计划已经大功告成。他找到了一个最神妙的方法安顿好我，好把她放走。”

“神妙？”格罗斯太太莫名其妙地跟着我说。

“那么就说邪恶吧。”我差不多高兴地说，“他把自己也安排好了。可是，都来吧。”

格罗斯太太无能为力地向上面看了半晌。“你留下他……”

“和昆特在一起吗？是的，我现在不在乎这个了。”

她在这种场合里最后总是抓住我的手，现在也是这样拖住了我。我这种突然表示任其自然的态度，刹那间几乎把她吓得透不过气来。“是不是因为你那封信？”她急急地说了出来。

我很快掏出那封信，高高地举起来作为答复。然后我挣脱她的手，走过去把信放在厅里那张很大的桌子上。“卢克会收去的。”我一面走回来一面说，然后奔到门前打开门来到石阶上。

我的同伴仍旧举棋不定。前一晚和这天早晨的狂风暴雨已经平息下来，可是下午的天气仍是又潮湿又灰暗。我走到车道上，她还是站在门口。“你不添些衣服就去吗？”

“孩子也什么都没穿，我还在乎什么。我来不及换衣服了，”我叫道，“你要是非换不可，那我可先走了。你可以一个人上楼去试试看。”

“和他们俩?”一听之下，这个可怜的妇人立刻追了上来。

第十九章

我们直奔在碧庐被称为“湖”的那个池塘，我敢说这个名称是名副其实的，虽然这片水域实际上比我这没有见过世面的人想象中的要狭小得多。我很少接触一片片的汪洋，就是碧庐的这个池塘，我也只有寥寥可数的几次同意在我两个学生的保护之下，坐上专为我们而备的那艘破旧的平底木船，在“湖”面上飘荡。池塘的广阔和船的摆动给我的印象非常之深。平常泊船的地方离房子约有半里之遥，而我有一个发自内心的信念，就是不管芙洛拉在什么地方，总不会离家太近。因为她今天这样偷偷地溜走，绝非只为一个小小的冒险。自从那天我和她在池塘边遇险后，我在散步的时候注意到那里是她最想去的地方。这就是为什么我给了格罗斯太太一个极为明确的方向。而对于这个方向，她的反应非常勉强，这提示我，她又重新感觉莫名其妙了。“你要到水边去吗？你想她会在……？”

“也许会的，虽然池塘并没有太深的地方，可是我认为她最可能去的就是我告诉你的那个她看见鬼魂的地方。”

“就是她假装没有看见……”

“带着那副惊人的泰然自若的样子。我看出她一直想一个人再去，现在她哥哥给她安排妥了。”

格罗斯太太还是站在原地。“你觉得这小兄妹俩真会谈起他们吗？”

我极有把握地回答了这个问题：“他们说的一些事，我们要是听见了准会吓死的。”

“那么如果她在那里……”

“怎么样？”

“那么杰塞尔小姐也会在那里？”

“毫无疑问，你看着吧。”

“谢谢，我可不想看。”我的朋友一面喊着一面站定了脚。我见这种情形，便撇下了她自顾自地向前走去。不过等我到达池边的时候，她仍紧紧地跟在我后面。我知道，她看得出不管我会遭遇什么事，她还是和我在一起危险比较小。等我们走到可以望见池塘大部分区域而那孩子依旧无影无踪的地方时，她呜咽了一声，紧张的神经松弛了下来。离我们较近的这边岸上——也就是我上次观察芙洛拉时大惊失色的地方——现在连芙洛拉的影子都没有。对岸也空空如也，除了离池边二十码左右的地方有一丛灌木一直伸到水面。这个池塘是椭圆形的，很容易被错认为一条小河，我们并肩望着那一汪池水时，我忽然感觉到了我朋友眼睛里的暗示。我知道了她的意思，便用摇头作为答复。

“不是的，不是的。等等，她把船弄走了！”

我的同伴注视着那个空的泊船位，然后向水面望去。“那么弄到什么地方去了？”

“我们现在看不见那只船就是最有力的证明，她一定是坐船过去的，然后想办法把船藏起来了。”

“那孩子一个人?”

“她绝不是一个人，而在那种时候她也不是一个孩子了，她是一个很老很老的女人。”我把我们视线以内的水岸都看遍了，格罗斯太太玩味着我说的怪话，开始对我心悦诚服。最后我指出那只小船也许在池塘的某个凹进处，被水岸的凸起处和一丛伸到水面上的小树遮住了。

“那么就算船在那里，她究竟到什么地方去了呢?”我的同事焦急地问。

“这就是我们要弄清楚的事了。”我开始向前走去。

“绕这么一个大圈子过去吗?”

“当然啰。路虽然不远，可是那孩子不是走过去的。她是坐着船笔直穿过去的。”

“天哪!”我的朋友又叫道。我这一连串合乎逻辑的推想对她来说也许太深奥了，她的思路跟不上我。这是一段让我们感觉非常吃力的路程，地面高低不平，小路上长满了荆棘。走到一半的时候，我停下来让她歇息一下。我当时感激地伸出手来扶住了她，向她保证她这次对我的帮助很大。这样我们又重新前行了，数分钟之内，我们到达了一个地方。在那里，我们发现那只船果然就在我预料的地方泊着，显然是被故意留在那里竭力避开别人视线的。它被拴在一堵直达水面的篱笆墙的一根木桩上。这根木桩显然对芙洛拉下船有所帮助。当我看到那对短而粗的浆被平平稳稳地放在船上的时候，我想到这一切对一个小女孩来说是多么繁重的一件事情。可是到那个时候，我已经在这个怪事百出的地方住了很久，对很多稀奇古怪的事可以说是司空见惯了。篱笆当中有一扇大门。我们穿过那扇门又走了一会儿，一直走到一片平旷的地方。“她在那里！”我们俩异口同声地喊了出来。

芙洛拉离我们相当近，站在草地上直对着我们微笑，仿佛她的表演到现在才圆满落幕似的。她的第二个动作就是弯下身去拾起一大片枯黄且难看的蕨类植物，那神情仿佛她就是专为此而来的。我立刻断定她是刚刚从灌木林里走出来。她在等着我们，自己一步也不走。我敏锐地感觉到我们向她走去的时候那种稀有的庄严气氛。她微笑着，一直微笑着。我们不停地向前走，一切都在静默中进行着，而这种静默已经带有恐怖的气氛了。格罗斯太太是第一个打破这种气氛的人。她突然双膝跪下，把那个孩子揽在怀里，紧紧抱住那娇嫩而柔软的小身体不放。在这一幕无声的骚动持续的过程中，我只能呆呆地望着她们。当我看见芙洛拉的目光越过我同伴的肩膀偷窥我的时候，我只能更加紧盯着她看了。她的脸现在已变得一本正经——最初的那点颤动没有了，这反而加深了我的痛苦，使我羡慕格罗斯太太的简单头脑。除了芙洛拉把她那片蕨类植物扔回了地上以外，这段时间里我们没有发出任何响动。她和我已经心照不宣，现在一切的托辞都没必要说了。格罗斯太太最后站起身来，仍旧握着那孩子的手。她们站在我的面前。我们这尽在不言中的心灵上的交流，在芙洛拉对我流露出的那种坦白表情的映衬下显得更加奇怪了。她仿佛在说：“我要说出来才怪呢。”

是芙洛拉第一个发声的。她把我从头到脚打量了一番，脸上闪现着天真的惊异。她表示被我们连帽子都没有戴的样子吓了一跳。“怎么，你的东西呢？”

“你的呢？亲爱的。”我回问她。

她已经恢复了她的活泼，仿佛对这个答复已经满意了。她继续问道：“迈尔斯呢？”她的勇气中包含着一点什么，差不多征服了我。她这四个字刹那间像宝剑出鞘时发出的寒光一样，击翻了我几个星期以来双手高举的杯盏——在我发话之前它已经要满溢了。“我可以告诉你，如果你也肯告诉我的话。”我听见自己说到这里已经颤不成声了。

“告诉你什么呢？”

格罗斯太太的焦虑像火光一样在我面前闪动着。可是太晚了。我把问题很漂亮地问了出来：“我的宝贝，杰塞尔小姐在哪里？”

第二十章

就像迈尔斯和我在墓地时的那一幕一样，这牵涉整个事件。“杰塞尔”这个名字我们此前从未正式提到过，我是极为注意这一点的。果然那孩子一听，脸上迅速显出受了打击后头晕目眩的样子。我打破这阵静穆颇像打碎了一扇玻璃窗。格罗斯太太因为我的问话而发出的那声惊呼——仿佛企图挡住这个打击一样——颇像一只受惊或受伤的动物发出的号叫。几秒钟后，紧接着就是我的狂喊，我抓住了我同事的胳膊：“她在那里，她在那里！”

杰塞尔小姐面对着我们站在对岸，情景和上次一般无二。我记得当时最奇怪的就是，我第一个感觉反而是喜悦，因为我已经有了一个证据，她的确在那里，那么我的话可以证明属实了；她的确站在那里，那么也证明我既非残忍也非疯狂了。她是为可怜且受了惊的格罗斯太太出现的，不过她主要的目标还是芙洛拉。在这段可怕的时间里，最特别的恐怕就是我故意向她投去一个无声的感激的信号——假设一个像她这样身世凄惨而凶恶的鬼魂也能接受这信号里的含义的话。她兀然端立在我和我朋友刚刚站过的那个地方，虽然和我们隔得很远，但是她身上邪恶的气息一分不减。眼前这清晰的幻象和感觉，只不过持续了几秒钟而已。在这段时间里，格罗斯太太睁开昏花的眼睛向我指的地方望去，显然她终于也看见了她。在这个时候，我随着杰塞尔小姐的视线，把眼睛移到了那个孩子身上。其实芙洛拉要是表现出单纯的不安的话，她的反应反而不会像现在这样使我触目惊心。当然我原来也没有预想到她会直接露出沮丧或狼狈不堪的样子。我们这样追踪而至，她早已严阵以待，换句话说，她可以强自克制任何足以令她泄露秘密的反应。可是我一眼望去还是被她那种我万万想不到的态度震撼了。我看见她粉红色的小脸纹丝不动，看都不看我所指的那个奇景，反而望着我，脸上露出冷酷、肃杀和威胁，一种前所未见的表情，似乎在分析、指控和审判着我。这表情似乎使这小女孩摇身一变为一个凶气逼人的家伙，我因为她这副冷静的样子而目瞪口呆。可是我对她已经目击一切的信念，在那时候却反比以往任何时候都来得坚定。最后考虑到有立刻替自己辩护的必要，我感情冲动地指给她看："她在那边，你这倒霉的小东西。那边，那边，那边，你认识她就像你认识我一样。"我不久以前曾经告诉过格罗斯太太，芙洛拉在这种场合不是一个孩子，而是一个很老很老的妇人，我对她的这个形容现在不能更肯定地被证实了。因为我注意到她的神情中充满了指责，且脸色越来越阴沉，毫无让步和承认的样子。在这个时候——如果我能把整个事件连在一起的话，她这种我可以称之为"态度"的样子，比任何别的东西都更使我毛骨悚然。虽然我同时发现格罗斯太太也相当不好对付，过了一会儿，我这位较老的同伴把我眼前的一切都用她涨红了的脸、受了惊的高声抗议和高度不满的情绪爆发淹没了。"真是的，小姐，干吗吓人啊？那里哪有什么东西啊？"

我只能把她抓得更紧，因为就在她发话的时候，那个恐怖而单调的幻影还是清清楚楚、毫不畏缩地站在那里。它已经在那里有一分钟之久了，现在还继续站在那里。我重新抓住我的同事，把她推到前面去面对它，我伸手指给她看："你看它，你没有我们看得清楚吗？你的意思是说你现在还看不见——现在！它像一把火一样清楚呢。亲爱的，你看看就知道了。"她像我方才一样又看了一遍，然后向我发出一声充满否定、敌对和同情的深深呜咽——里面包含着她对我的怜惜，混合着她对自己幸免于难的庆幸。这给了我一个甚至当时就令我大为感动的感觉，就是如果力所能及的话，她一定会支持我的。其实我绝对需要她的支持，可是她的眼睛竟毫无希望地被蒙住了，这给我的打击很大。我觉得我的精神可怕地崩溃了，我觉得我看见那个面无人色的前家庭教师怎样趁着我的失败而步步逼近。不过最可怕的莫过于芙洛拉那种令人毛骨悚然的态度。格罗斯太太也突然激动地采取同样的态度了，我感到她们在我的沮丧中得到了极大的个人胜利，她气喘吁吁地安慰着芙洛拉：

"她不在那边，小姐，那边没有人，你什么都没有看见，亲爱的，怎么会是杰塞尔小姐呢？杰塞尔小姐不是死了、埋了吗？我们都知道是不是？亲爱的。"然后她向那孩子笨拙地解释道，"这只是一个错误，自寻烦恼，开玩笑的……我们回家去，越快越好。"

我们的小同伴对这话的反应迅速而又正常得出奇。格罗斯太太站起身来，她们重新联合在一起，用充满愤慨的眼神敌视着我。芙洛拉继续用面具般的气愤表情盯着我看。可是就连在那一分钟里，我还在祷告上帝饶恕我的这种看法，因为当芙洛拉紧紧地抓住我朋友的衣服站在那里时，我似乎见到她那无与伦比的儿童的美已经衰退、消失了。我以前说过——她已经变得冷酷得可怕、庸俗而且差不多丑恶了。“我不明白你是什么意思。我谁都没有看见，我什么都没有看见。我从来没有看见过什么。我觉得你简直残忍。我不喜欢你。”说完这些只能出自一个下流、粗鄙的街头小女孩嘴里的话之后，她把格罗斯太太抱得更紧了，将她可怕的小脸埋在后者的裙裾里，同时差不多是凶暴地大声哭喊了起来：“把我带走，把我带走，离开她。”

“离开我？”我的心猛烈地跳着。

“离开你，离开你。”她叫道。

连格罗斯太太都难过地望着我，我除了重新和对岸的那个幻影做无言的交谈之外，没有别的办法了。可是那鬼魂却一动不动紧张地肃立着，仿佛隔着水面在谛听我们的声音，很明显它不是替我服务而是为使我失败而来的。那个倒霉的孩子吐出的那些伤人的字眼，似乎出自别人的口授。我在绝望中接受了所有我必须接受的事实后，只能难过地向她摇了摇头。“如果我从前还有点疑惑的话，那么目前我是百分之百地确定了。我知道这件倒霉事已经很久了，而现在我已陷入重围被它缠在中心。当然我已经失去了你，因为我出面干涉了，于是你在她的指挥之下，”说到这里，我看着对岸那个邪恶的见证，“找到了最好的对付我的方法。我已尽了我最大的能力，可是我失去了你，再见吧。”我对格罗斯太太发出了疯狂而命令式的指令：“走，走！”她虽然一无所见，可是心里非常明白有一件可怕的事要发生了，而且不久就将大祸临头。于是她无言且难过异常地拉着那个小女孩，从我们的来路用最快的速度离我而去。

我对剩下我一个人以后最初发生的事完全失去了记忆。我只知道最后——我想大概过了有一刻钟之久吧——一些潮湿、粗糙而有异味的东西使我周身发冷，打断了我的恸哭。我明白过来自己一定面朝地倒了下去，呼天抢地地哭过一阵。我一定在地上躺了很久，因为等我再度抬起头来的时候，天已经差不多黑了。我站起来向四周看了看，在暮光熹微之中望着那片灰色的池塘和那空白的有鬼魂出没过的岸边，最后踏上了荒凉而吃力的归途。当我走到那扇篱笆大门的时候，我大吃一惊，那只小船已经不在了。于是我对芙洛拉这种特殊的控制一切的能力重新感到奇怪。那天晚上她是和格罗斯太太睡的，这个安排并没有兴师动众，而我想这是对彼此都最“快乐”的办法——如果“快乐”这两个字现在听上去不这么刺耳的话。我回来以后并没有看见她们，倒是和迈尔斯在一起很久，这就像是一种精神上的补偿。我“看”到的景象——我不能用别的字眼——使我感觉我和邪恶之间的斗争激烈到我以前没有想到的地步。我在碧庐度过的所有夜晚没有比今晚更恐怖的了。虽然如此——我的脚下裂开了一条这么深的感情鸿沟——可是在大势将去之前的悲哀里，却还别有一点亲切之感。回到住处后，我根本没有去找那个男孩，而是径直回到自己的房间，换下了我当时穿的衣服。我一眼便看出了芙洛拉和我之间的摩擦留下的后果——她小小的衣物都已经取走了。后来在教室里的火炉旁，女佣斟茶上来的时候，我没有向她问起我那个男学生的去处。他已经获得了他的自由，这是他可以保留到底的。他也确实享受到他的这点自由了——其中之一便是在八点钟才走进来，一言不发地陪着我坐了下来。在收走茶具之后，我吹灭了蜡烛，把椅子重新移到壁炉旁，因为我感到一阵刺骨的寒冷，而且觉得仿佛再也暖不过来了。所以等他出现的时候，我正在火光照耀下出神。他在门口站了一会儿，打量着我，要分担我的心事似的走到壁炉前另一角，在一张椅子上坐下。我们保持绝对的沉默面对面坐着。可是我感觉得出，他的确是因为喜欢和我在一起而来陪我的。

第二十一章

在新的一天尚未完全开始的时候，我睁开眼就看见格罗斯太太进了我的房间，走到我床边，给我带来更坏的消息：芙洛拉显然发着高烧，很有大病一场的可能。她一夜辗转反侧，不曾合眼，主要还是对她现在的——而不是以前的——家庭教师有所恐惧。换句话说，她不是向杰塞尔小姐可能再次造访提出抗议，而是针对我——这点是极明显、极激烈的。我立刻跳了起来，因为我原来就有许多事要问她，现在更多了。我看出我的朋友已经打定主意预备重新与我站在同一战线了，这点在我质问她我和那孩子究竟孰是孰非的时候，我已经觉察出来了。“她是不是一口咬定她没有看见什么，或从来没有见过什么东西？”

格罗斯太太显然非常烦恼。“啊，小姐，这不是一桩我能逼着她说的事。可是我也得说，我根本没有这样做的必要。这已经使她整个人变得相当的‘老’了。”

“哼，我想象得出她是怎么一个样子，她像一个高不可攀的小小的大人物一样，憎恨人家对她的诚实有疑问，好像这样会伤了她的尊严一样。‘真的，杰塞尔小姐……她……’她还要尊严呢，这小丫头，她昨天在那个地方留给我的印象，我可以告诉你，那是当时我所有感觉中最为奇怪的一个。我的确走错了一步，她再也不会理我了。”

这番可怕的话语虽然含义模糊不清，可也让格罗斯太太一时无言可对，最后她居然同意了我的观点。她态度坦率得使我觉得里面一定还大有文章。“是的，小姐，她恐怕再也不会理你了。对于这一点，她的态度的确强硬得很。”

“这种态度，”我做了一个总评，“就是她现在最大的毛病。”她就是这个态度，没有别的，我从格罗斯太太的脸上可以看得非常清楚。“她每隔三分钟就问我一次你会不会进来。”

“我明白了，我明白了。”我自己还有很多事需要彻底厘清。“从昨天起到今天，她有没有说起过杰塞尔小姐？除了否认她和那个东西有联系之外。”

“一个字都没有提，小姐。还有，你当然知道，”我的朋友补充道，“我在湖边真的相信她当时的确什么东西都没有看见。”

“好，那么你现在自然还相信她这种说法啰？”

“我不反驳她的话，除此以外我还有什么办法呢？”

“除此以外真的没有别的办法了。你现在要对付的是一个全世界最聪明的小人儿。我的意思是说，他们的那两位朋友，把这两个孩子弄得比他们原来还要聪明——原来的底子就不错嘛——芙洛拉要告我状现在有罪名了，她会干到底的。”

“是的，小姐，怎么干到底呢？”

“当然是在她伯父面前和我算账啰，她会当着他的面把我说成最下流……”

这幕好戏在格罗斯太太的眼睛里反映了出来，我倒退了一步。在一刹那间她好像极敏锐地看见他们在一起。“可是，他对你的印象这么好！”

“我现在才看出来，”我笑了，“他表现这点的方式倒很特别。不过这也没有什么关系，芙洛拉当然是想把我赶走。”

我的同伴勇敢地同意了我这种看法。“她对你连见都不想见。”

“你来找我原来是为了这个，叫我早点离开是不是？”不等她答复，我又说，“我有一个更好的主意，是我思前想后琢磨出来的。当然我走是应该的，星期日我已经差点走了。可是这解决不了问题，要走的应该是你，你带着芙洛拉走。”

格罗斯太太听了之后思索着。“到什么地方去呢？”

“离开此地，离开他们。最主要的是，离开我。直接去找她的伯父。”

“就为去告你状吗？”

“不，不只为去告状，还能让我单独留在这里。我自有补救一切的办法。”

她还是不知道我葫芦里卖的什么药。“什么方法？”

“第一就是你要对我绝对服从，还有迈尔斯……”

她狠狠地看着我。“你以为他……”

“他不会背叛我……如果他有机会的话？不错，这一点我已经考虑过了，可是无论如何我总要试试看。你把他的妹妹带走，越快越好，剩下我一个人陪着他。”我自己都很奇怪我怎么仍旧精神百倍，也许我之所以对她感觉不耐烦，就是因为她有我这个榜样在前却还是犹疑不决。“还有一件事，”我继续往下说，“就是在她走之前，不要让他们单独会面，一秒钟都不可以。”然后我想到芙洛拉在池边回来之后，虽然表面上已经和其他人隔绝了，可是我这句话说得也许已经太晚了。“你的意思是，他们已经见过面了？”我焦急地问道。

说到这里。格罗斯太太的脸红了起来。“小姐，我还没有那么傻呢，当中我倒是离开过她三四次，可是每次总派别人陪着她的。现在她虽然一个人在那里，可是门已经从外面上了锁，绝对可靠的，可是……可是……”还有许多问题需要解决。

“可是什么？”

“你……你对那位小绅士有绝对的把握吗？”

“我除了对你以外，对谁都没有把握。可是从昨天晚上起我有了一个新的希望，我相信他就要向我开口了，我真的相信……这个倒霉的小东西，他已经想和盘托出了。昨天晚上在壁炉前，他和我静静地对坐了两个钟头，好像就要说出来的样子。”

格罗斯太太呆呆地望着窗外熹微的曙光。“后来到底说了没有？”

“没有，虽然我等了又等，我承认他后来始终没有说出来，我们一直没有打破沉默。甚至对他妹妹的种种情形和她为什么没有出来等问题，都一个字也没有说，最后我们吻别了。”我继续说道，“不过同样的，她的伯父见了她之后，要是同意自己来见她的哥哥——在我给那男孩多一点时间以前，因为事情已经糟到这步田地——那么我就无能为力了。”

我的朋友在接受这个观点时显得有些勉强，这令我感到费解。“你所指的多一点时间是什么意思？”

“一两天——给我机会把他的话套出来，那个时候他就会站在我这边了……这个重要性我相信你是看得出来的。如果他不肯说，那么我只有失败了。而你最不济也算是帮了我个忙，赶到城里去做任何你能做的事。”我把这些事实摆在她的面前，可是她在继续考虑别的理由，这使我不得不重新帮她做决定了。“真的，”我最后说，“除非你根本不愿意去。”

我看见她面部的肌肉放松了，她把手伸了出来做保证：“我走，我走，我今天上午就走。”

我做出非常公平的样子。“如果你想等些时候再走的话，我可以向你保证她看不见我。”

“不，是这个地方的问题，是她非要离开这个地方不可。”她用沉重的眼神注视了我许久，然后说道，“你说得很对，我自己，小姐……”

“怎么了？”

“我不能再住下去了。”

她脸上的那种表情，使我神经过敏地猜测着她这句话里所有的可能性。“你的意思是说，从昨天起你已经见到了……”

她郑重地摇了摇头。“我听见……”

“听见？”

“从那孩子嘴里……太可怕了……真的，”她悲哀地叹了一口气，“我用人格担保，小姐，她说的有些事……”说到这里，她忽然倒在沙发上，和我以前见过的那次一样大放悲声。我在完全不同的一种状态下吐出了我的心声："谢天谢地。"

听见这句话她一跃而起，一面呜咽着一面擦干了眼泪："谢天谢地？"

"这至少证明我不是瞎说。"

"是的，小姐。"

我不能再企求任何比这更强有力的话语了。我等待着，并问："她真的那么可怕吗？"

我看出我的同事简直不知道怎么说是好了。"真能吓死人。"

"是说我的吗？"

"是说你的，小姐，既然你非要知道不可。对一个小姐来说，简直比什么都难听，我不知道她是从什么地方学来的。"

"她说我的那些难听的话吗？我倒想得出来。"我插嘴说，同时笑了起来，这笑声显得非常意味深长。

这使我朋友的面色更加凝重。"那……也许我是应该知道的。虽然我以前也不是没有听见过，可我还是不能忍受。"她一面继续说下去，一面看了看放在梳妆台上的表，"可是我得回去了。"

我留住了她。"啊，如果你不能忍受……"

"我怎么能够和她在一起……你的意思是不是这样？那我就是为了这个，为了把她带走，离这里远远的，"她追着往下说，"离开他们远远的。"

"她也许不一样，说不定她能摆脱一切呢？"我几乎高兴得抓住了她，"虽然昨天那样，你还是相信……"

"相信那些事吗？"她对他们的形容如此简单，再加上她当时的表情，使她用不着再往下说了。然而她说了出来，这种情形是前所未有的："我相信。"

是的，这是一件好事，我们还在并肩作战，如果我对这一点一直有把握的话，那么不管再有什么别的事发生，我都不会在乎的。在面临灾难的时候，我需要别人的支持，就好像我最初需要自己的信心一样。如果我的朋友可以证明我所言属实的话，其他的我都可以担当。可是在和她告别之前，我还有一件相当尴尬的事必须言明："对了，还有一件事我现在才想到……你必须记住，我那封带有警告性质的信，会在你进城之前送达的。"

我现在更加感觉到以前的闪烁其词对她而言会是多么吃力的一件事。"你的信不会送到的，你的信根本没有寄出去。"

"那么信在什么地方呢？"

"天晓得……迈尔斯少爷……"

"你是说他拿去了？"我气喘吁吁地问。

她迟疑不决，可还是克服了自己的不情愿："我的意思是说，昨天我和芙洛拉小姐回来的时候，那封信已经不在你原来放的那个地方了。晚上我有机会问了卢克，他说他没有碰信，连看都没有看到。"对于这点我们只好交换了一个无言的眼神，最后还是格罗斯太太第一个醒过来，用差不多更显得意洋洋的口气说道："你看出来了吧。"

"是的，我看出来了，如果迈尔斯把信拿去了的话，他看过之后说不定会把它毁掉的。"

"你还没有看出别的意思来吗？"

我面对着她，脸上浮起一丝苦笑。“我觉得现在你的眼睛睁得比我的还要大。”

这明明是事实，可是要她说出口，她的脸还是先红了起来。“我现在能推测出来他在学校里的所作所为了。”然后她单纯直接地点了点头。头点得有些滑稽，可是也流露出她的失望。“他偷了东西！”

我思前想后，尽力做出公平状。“那……也许。”

她看上去好像觉得我的反应镇静得有点出乎她的意料，又说：“他偷信件。”

她不知道我镇静的理由是相当肤浅的，所以我告诉她：“我倒希望他得到比这个更大的收获呢。无论如何，我昨天放在桌上的那封短信，”我继续说，“对他并不会有什么好处。因为在信里面我只要求和**他**见一次面——我想迈尔斯做出这么大的事而收获这么小，一定觉得很难过。他昨天晚上心事重重也许就是想向我忏悔这件事。”在我看来，我当时似乎有控制一切和看穿一切的能力。“离开我们，离开我们，”我已经站在门口催她动身了，“我有把握从他嘴里套出实情来，他会和我合作的，他会向我忏悔一切的。如果真的这样，他一定可以得救的，如果他得救了……”

“那么你也得救了？”那个可爱的女人吻了我，我向她告别。“就是不借助他，我也可以使你得救的。”她一边喊一边眼泪汪汪地走了。

第二十二章

其实在她走了之后，最大的困难才真正来临了。她刚走，我就立刻想她不已——如果我以前认为和迈尔斯单独在一起会对我有多少好处的话，那么我很快发现这样至少给了我一个新的考验。我走下楼来，发现载着格罗斯太太和芙洛拉的马车已经驶出大门。之后的一小时内，我被种种疑虑困扰着。这也是我到碧庐以来最难过的一小时。我对自己说，我现在已经和邪恶势力对阵了，在我想尽方法克制我的怯弱去考虑一切的时候，我已觉出我对这件事的处置太冒失了。我所能活动的范围似乎又缩小了。我第一次从别人脸上的反应看出事情已发展到了生死攸关的时刻。方才发生的事自然使大家都目瞪口呆不明就里。关于我同事突如其来的出行，我们给了很少的解释，而且还是随随便便说出来的。那些用人不论男女脸上都挂着一副莫名其妙的表情，而这对我的神经大有影响，结果我看出大有利用此点的必要。简单地说，我只有紧紧地抱住舵轮才能避免灭顶之祸，而我敢说，为了镇定自己的神经，那天早晨我摆出特别矜持冷淡的样子。我非常喜欢这种责任重大的感觉，而我也要使别人明白，我现在虽然单枪匹马，可是我的地位仍非常稳固、不容动摇。我用这种神态在之后的一两个小时内到处巡逻，看上去已经毫无疑问地准备停当，想拼个你死我活了。就这样，为了所有涉及此事的人，我忐忐不安地来回巡视。

到了中午，看上去最置身事外的人竟然是小迈尔斯。我在巡视过程中并没有遇见他，可是这样的行动倒使很多人以为我们之间的转变，是因为他昨天用弹琴的方式替芙洛拉把我支开，诓骗了我。这样的看法，自然是从她先被关在房里然后离去这点推测出来的，也是从我们今天早晨没有照常上课推测出来的。我下楼的时候曾经推开迈尔斯的房门看过一回，那个时候他已经不见了。然后我在楼下才接到报告，他是同格罗斯太太和他妹妹一起吃过早餐之后——当时还有两个女佣在场——才出去的，据他自己说是去散步。我看出来了，他是想用这种方式表达对我职责的临时变化的最坦率态度，其实没有比用这种方式更能表现这一点的了。现在他对我的职责中究竟可以包括什么还不甚确定。至少我们可以松弛一下紧张的神经——特别是我，因为现在至少有一件事不必假装了。如果这些事现在可以说是明朗化了，那么我可以毫不夸大其词地说，最明朗化的莫过于我们还继续假装我仍有可以教他的东西。这简直既无聊又可笑。他比我自己还热心暗地里要一些小手腕来保留我的面子，我只得恳求他饶了我，以后无须和他斗智到筋疲力尽了。他现在无论如何已经获得自由，我再也不能干涉他了。从昨晚他到教室来找我。而我对他方才的行动没有询问也没有表示这一点看来，我的态度已经明明白白地表现出来了。从那个时候起，我的脑子里生出了许多计划。可是等他终于出现时，我又发现这些计划极难实行，他的漂亮反而使我重新感到积在我心里的烦恼越来越多。据我看来，到现在为止，所有已发生的事对他的美还没有投下任何污点或阴影。

为了摆足架子给家里的用人们看，我吩咐他们把我和那孩子的午餐放在我们所谓的“楼下”，所以我也就在那间金碧辉煌的房间里等候着他。我联想到第一个可怕的星期日，正是在这个房间的窗外，从格罗斯太太那里得来的情报使我心里一亮，虽然“亮”字用在这里是极不合适的。眼下，我再度感觉——其实我常常有这个感觉——现在完全要仰仗我的意志来维持精神的平衡。我的意志就是把眼睛闭得紧紧的，不让自己看见我现在要对付的是超乎自然的令人作呕的鬼，而不是人。假使想要继续作战，我只能抱着“邪不敌正”的信心，把我这可怕的考验当作是向某一个方向的探索——当然这既不平常又不愉快——不过只要有咬紧牙关作战到底的精神，就可以维持一个像样的阵容了。相信没有一种尝试会比这个更需要手段，来使自己相信“正气胜于一切”。可是我怎样才能够向他说明这一点——就是一点点也好——而绝口不提往事呢？另一方面，我怎样能既提起这件事而又不涉及那个恐怖的迷魂阵呢？过了一会儿，我得到了某种答案，而这个答案已经确凿无疑到使我忽然看到我的小同伴与众不同的地方。那就是他至今还和平常上课时一样，想得出可以缓和与我关系的温柔的方法。就在昨晚我们单独在一起的时候，这个方法放出前所未有的异彩，这难道还不够明显吗？事实就是（如果有好机会，现在这个宝贵的机会已经来了）：放弃这么大的帮助，对一个如此聪明绝顶的小孩子来说不是一种愚蠢的行为吗？他这份天资，除了用来拯救他自己以外，他还想用来做什么呢？

可是试图接近他思想的人会不会被他挡在门外呢？我们面对面坐在饭厅里的时候，他好像已经把方法明确指给我看了。那盘烤羊肉放在桌上。我屏退了用人。迈尔斯在落座以前站在那边，两手插在袋里看着那只羊腿，仿佛将要发表什么滑稽的评语似的，结果他说出来的竟是："我说，亲爱的，她病得很厉害吗？"

"小芙洛拉吗？没有那么严重。她会康复的，伦敦会治好她的病，碧庐对她来说已经不适合了。过来吃羊肉吧！"

他很机敏地听从了我的话，把盘子小心地捧到他的位子上，坐下之后继续说道："碧庐是突然对她不适合的吗？"

"没有你想象的那么突然。你可以看得出这事已经酝酿很久了。"

"那你之前为什么没有安排她走呢？"

"什么之前？"

"在她病得已经不能旅行之前。"

我发现我的回答来得很快。"她并没有病得不能旅行。她要是再住下去倒会变成那样的，所以我们必须趁这个机会让她旅行一次……这样，也许就可以把这里的影响消除掉一点，"我说得很漂亮，"到完全消除为止。"

"我明白了，明白了。"

对于这件事，迈尔斯表现得很漂亮。他坐了下来开始吃午餐。他吃饭很规矩，从我来碧庐那天起，他就根本没有需要被纠正的地方。我常常想，不管他是因为什么原因被学校开除，至少不会是因为吃相难看吧。他今天和平常一样无可挑剔，只是毫无疑问比往常局促不安多了。他显然在尝试不借助任何外来的解释不动声色地接受许多他不明白的事，并一言不发地探索他周围的形势。我们这顿饭吃得时间很短——双方都只是意思一下而已——我吩咐用人把一切餐具很快收拾出去了。

在这个过程中，迈尔斯又将两手插在口袋里，站了起来向窗外望去，也就是以前我看见令我大吃一惊的情景的那扇窗。

那个女用人尚未离去的时候，我们都保持着沉默。当时我有一个奇怪的感觉，就是我们颇像一对新婚夫妇，在蜜月旅行中当着旅馆侍者的面有点不好意思说话。可是等那个侍者离开之后，他就转过身来说："现在，我们俩单独在一起了。"

第二十三章

“差不多是这样。”能想象得出，我的笑容一定很勉强。“也不完全对，我们不会喜欢只剩我们两个人的。”

“对了……我想我们不会喜欢的……当然，我们还有别人呢。”

“我们还有别人……我们是还有别人。”我附和着说。

“就是有，”他回答说，还是把两手插在口袋里站在我面前，“他们也不能算数的，是不是？”

我想尽量利用这个机会，但是我知道我的脸色一定已经变白了。“那要看你这‘不能算数’是什么意思了。”

“对，”他顺口附和着说，“关键就在这里。”不过说完这话他又重新把身子转了过去面对着窗，然后用局促不安且显得心事重重的步伐踱到窗前，把前额抵住那块玻璃上。他在那里停了一会儿，打量着我熟悉的那些粗笨的矮树和严冬凋零的园景。我手边总有活计做掩护，于是我争到了沙发那里的位置，像我以前形容过的那几次痛苦的经历一样——靠着它来支持全身的重量，使我不致倒下。在我发现两个孩子与某种东西发生关系而我被摒除在外的时候，我就染上了这种总往最坏处打算的习惯。正在这个时候，我忽然得到一个奇怪的印象，那就是我从那孩子窘迫的背影里看出某种意思来，那意思不是别的，就是我现在已经不被摒除在外了。在数分钟内，这个推测明显到使我直接看出现在被摒除在外的不是我，而是迈尔斯自己。那扇大窗的木框和方格对他而言是一种失败的象征。我觉得我已经看出他不是被关在里面，就是被关在外面了。他的表现很值得钦佩，可是他显然不太舒服。把这点看在眼里后，我的心因为一个新的希望而加速跳动。他是不是向有鬼魂出没的那扇窗望了出去，而竟然一无所见呢？在整个事件里，这是不是他第一次看不到它呢？是第一次，是真正的第一次！我发现这是一个绝妙的凶兆。他很着急，虽然他小心不使自己流露出着急的样子。可是他已经急了一整天了，虽然他在进食的时候态度仍像平常那么安详、可爱，可是他需要利用他所有细巧的奇才来掩饰心里的一切。“那么，我很高兴碧庐对我倒很合适。”

“你好像在过去这二十四小时里走了许多地方。有很久没有这么做了是不是？我希望你过得很快乐。”

“是的，我从来没有走过那么远，兜了整个的一大圈，估计有好几里路，我从来没有这么自由过。”

他们有自己的一套手法，我只能费尽力气尝试跟随着他。“那么，你喜欢不喜欢这样呢？”

他微笑着站在那里，最后用两个字做了回答：“你呢？”这两个字竟能包含那么多的意义，对我而言是闻所未闻的。但是在我还没来得及答话之前，他继续说了下去，仿佛那是一句需要缓和的粗话：“没有比你接受这点的态度更可爱的了，因为现在虽然只剩下我们两个人，可是常常要孤零零一个人待着的还是你。我希望……”他补充了一句，“你不要太在乎。”

“和你有关的事我能不在乎吗?”我问道,“我亲爱的孩子,我怎能不在乎呢?虽然我已经放弃和你在一起的权利了——因为我无法了解你,可是和你在一起对我仍是一种极大的享受。我在这里待下去除了为这个以外,还能为什么别的呢?”

他更直接地望着我,脸上的表情变得更严肃了,使我觉得他从来没有这样帅气过。“你待下去为的就是这个吗?”

“当然,我是以你朋友的资格待下去的。因为我对你这么关心,所以我希望可以帮助你,到你做更值得你做的事为止。这点不会让你觉得奇怪吧。”

我的声音颤抖得使我觉得要抑制它是不可能的了:“你难道不记得大风大雨的那个晚上,我坐在你的床上告诉你的那些话吗?我说过世界上没有我不肯替你做的事。”

“是的,是的。”他显然变得更加局促不安,甚至声音也需要特别控制了。他控制自己这点,比我成功得多,因为他的心情虽然很沉重,可是还能勉强笑出声来,假装我们正在高高兴兴地开玩笑。

“我看你不过是为了叫我替你做一件什么事。”

“一部分是为了叫你替我做一件事,”我承认了,“可是你知道,你始终没有替我做过。”

“嗯,不错,”他说道,回答得极明快、极虚伪,“你是要我告诉你一件什么事。”

“一点不错,说出来吧,痛痛快快地说出来吧。你知道的,就是你所想的事。”

“啊，那么你不走就是为了这个？”

他的语气虽然轻松愉快，但我还可以听得出一点轻微的憎恨的颤抖。我简直等不及表达这将要投降的象征对我有什么影响了——虽然它是这么隐晦，就仿佛我所渴望的一切已经来临，可是我已被他突如其来的问题吓得手足无措了：“那么，好吧，我还是痛痛快快地说出来吧。我不走正是为了这个。”

他停了那么久，我还以为他是正在想怎样驳倒我这种臆测。可是他最后说的竟是：“你的意思是要我现在在这里说？”

“没有比现在更好的时间和地点了。”他听后不安地向四周看着。我当时得到一个罕有的——哦，奇怪的——印象，就是他第一次露出恐惧的样子，仿佛他突然怕了起来。当时我认为他最好还是有这种感觉，可是在往这点上去做的痛苦当中，我感到要摆出一副威严的面孔是不可能的。在接下来的一分钟内，我听见自己的声音柔和得近乎滑稽。

“你是不是想出去一趟？”

“想得厉害。”他很勇敢地向我微笑，而这点令人感动的勇气被他痛苦得脸也红了起来的事实弄得更加明显了。他已经拾起他的帽子——这是他带进来的——站在那里滴溜溜地旋转着它。我虽然已经胜利在望，可是对自己的所做所为，却有一种强烈的憎恨和恐惧。不管怎样这总是一件暴行，因为它强迫一个弱小无助的人去接受他自己的卑鄙和罪恶。而这个小人儿是一度与我有过一场美好的友谊的。使这么一个人物处在这样的窘境里，是不是一种卑鄙的行为呢？我相信，我现在对当时情形的这种清晰看法在当时是不可能有的。我仿佛看见我们的眼睛已经被将要降临的灾祸所启发了，所以我们带着种种烦虑和恐惧兜来转去，像两个角力的人彼此不敢近身一样。不过不同的是我们彼此是替对方害怕。现在这样我们可以多一点时间不分胜负，彼此不受到伤害。“我要告诉你所有的事，”迈尔斯说，“我的意思是说，你想知道什么我就告诉你什么。你可以和我待下去，我们两个人都会平安无事的，我会告诉你的，我一定会的。可不是现在。”

“为什么现在不可以呢？”

我这个抗议又把他从我身边赶走，使他重新站在窗前默然不发一语。在这段时间里，我们可以听到一枚针掉在地上的声音。

最后他重新走到我的面前，神情仿佛外面有一个他必须应付的人在等着他一样：“我必须去找卢克。”

我没有想到他会说出这么粗鄙的谎话来，我替他感到相当惭愧。不过这虽然可怕，我还是把他的谎话信手拈来当成实话说。我在沉默中又织了几针毛线。

“那么你去找卢克好了，我等着听你答应告诉我的事。不过作为交换条件，我要你在离开此地以前，满足我一个小小的要求。”

他自以为已经成功到可以和我展开一个小小的谈判了：“只要这个要求比之前那个小得多。”

“是的，这只不过是整个要求的一部分而已。告诉我，”这时我手里的活计仍占着我一双手，可是我继续从容不迫地说道，“你昨天下午是不是从厅里那张桌子上拿走了……你知道的……我的那封信？”

第二十四章

我忽略了他听到这个问题后的反应，因为我的注意力受到了分散——我也只能这样来形容当时的情形了——这个打击使我立刻跳了起来，盲目地不顾一切抓住了他，把他拖了过来。我自己则倚在最近的家具上维持身体平衡，直觉地使他背对着那扇窗户。我现在要交待清楚的就是，那个幻影已经在我们面前公然显形了——彼得·昆特当时就以一个看守监狱的哨兵的姿态出现了。我看到的第二件事就是他已经从外面走到了窗前，凑近那方玻璃，朝里睨视着我们，重新把那张苍白的、下了地狱的人的脸呈现给房间里面的人。我看见他之后的内心变化，只能大致说是立刻打定了主意。我相信没有第二个女人在受了这么大的惊吓后——在这近在咫尺的恐怖形象面前——可以像我在这么短的时间内恢复对自己行动的控制。所谓“行动”，就是不让那个孩子看见我所看见和面对着的东西。这个灵感——我不能冠之以别的名字——使我觉得自己可以随心所欲地做到这一点。虽然这是超乎自然的，像是在和魔鬼争夺一个灵魂一样。当我差不多要夺到它的时候，我看着那个擎在我发颤的双手中的灵魂——距离我一臂之远，我看见的只是一个美丽孩子前额上的一滴汗珠，这张离我很近的脸差不多和窗外那张一样苍白。最后他终于发出一点声音，既不高也不低，却像从很远的地方传来的一样，可是我拿它当甘露一般一吮而尽。

“不错！是我拿的。”

我听后发出一声快乐的呻吟，拥住他，把他拉到我身边。当我把他抱在怀里的时候，我感觉到他小小的心脏跳动得非常剧烈。我盯住窗上的那个东西，看着它移动并且更换姿势。我之前曾把它比作一个哨兵，其实过了一会儿，它却像一头战败了的野兽，蹑手蹑足地荡来荡去。我当时所鼓起的勇气强大到令我不得不加以掩饰，以免它过分暴露出来。同时那张逼视我们的脸又在窗上出现了。它仿佛沉住了气在观察、在等待。我在这个时候已经确定那孩子对他的出现一无所知，我有战胜它的信心，于是我继续说道：“你把信拿去做什么？”

“看你说我什么了。”

“你打开信了？”

“打开了。”

我把他稍微向外移了移，盯住他的脸。他已经完全失去了嘲笑的表情，这使我看到他以前要保持那种表情会令他多么痛苦和不安了。最奇怪的就是由于我的成功，他对鬼魂的感应已经受到了封锁，他们的交流已经被阻断了。他已知道他在某种东西面前，可是不知道是什么东西，更不知道我也在它面前，而我知道那是什么。可是这层困难无足轻重，因为等我的目光返回窗口的时候，只见空气已经澄清了——这是我个人的胜利，那个势力已经被消灭了。那里什么也没有了，我觉得我已经占了上风，一定还可以大获全胜的。“结果你什么也没有找到。”我流露出得意扬扬的样子。

他微微地摇了摇头，看上去异常悲哀和神不守舍。“什么都没有。”

“什么都没有，什么都没有。”我在欢乐中几乎要狂喊了。

“什么都没有，什么都没有。”他忧郁地附和着。

我吻着他汗淋淋的前额。“后来你把那封信怎么处理了？”

“把它烧了。”

“烧了？”我现在不说更待何时，“你在学校里是不是也做过这种事？”

啊，这牵扯到什么上来了！“在学校？”

“你是拿信还是拿别的东西？”

“别的东西？”他的思想仿佛在极遥远的地方，只有焦虑才使他听进这句话去，至少他最终听进去了。“我偷东西了吗？”

我感觉到自己羞愧得连耳根都涨红了。我自己纳闷，向一个绅士问出这样的问题，是否比让他默认自己在社会上已身败名裂更为可怕。“是不是因为这个你才不能回去的？”

他给我的唯一感觉就是一种沉郁淡漠的惊奇。“你知道我已经不能回去了？”

“所有的事我都知道了。”

他一听之下，向我投来最长久、最异样的一瞥。“所有的事？”

“所有的事。所以你有没有……”我简直做不到将之前那句话再说一遍。

不过迈尔斯却做得到，他很简单地说：“没有，我没有偷过东西。”

我的脸色一定告诉他我完全相信了他的话。我的手体贴温柔地摇动着他，仿佛在质问他为什么使我白白痛苦了这么几个月。“那么你做了些什么？”他失神痛楚地向房间上面四周望着，大声吸进了两三口气，仿佛呼吸困难似的，那神情就像站在海底抬眼看某种淡绿色的微光一样。“我……我说了些话。”

“只是这样吗？”

“他们觉得已经足够了。”

“足够把你开除吗？”

真的，没有一个被开除的人会比这个小人儿更不像被开除的人了。他看上去好像在考虑我的问题，可是神态又极散漫，几乎是无可奈何的。“那……我想是我不该说的吧。”

“那些话你对什么人说过？”

他显然吃力地回忆着，可是又打住了。他记不起来了。“我不知道。”

在那种投降的凄凉意味中，他差不多在向我微笑了。他的投降现在已经彻底到使我觉得自己也应该适可而止，不能再往下严词逼供了。可是我却像中了邪一样被胜利冲昏了头脑。所以他本来应该可以和我更加接近的，现在却越离越远了。“是不是对所有的人？”我问道。

“不，只是对……”他厌倦地微微摇了摇头，“我记不起他们的名字了。”

“是很多人吗？”

“不，只是很少的几个人，那些我喜欢的人。”

他喜欢的人？我仿佛不是越来越清楚，而是越来越糊涂了。在一分钟内，我从极度的迷惘中生出一个恐怖的念头，那就是他也许是无辜的。刹那间一切变得混淆而深沉，因为如果他是无辜的，那么我呢？在此期间我被这个问题困扰着，几乎全身瘫软，便把他放开了一点，深深地叹了口气。他重新背过身去。当他面对着那扇透明的窗户时，我痛苦地发觉我已经不能挡住他的视线不给他看了。“他们有没有把你的话说给别人听呢？”我过了一会儿继续问。

他很快就和我隔开相当的距离了。他的呼吸仍旧很困难。虽然现在已经没有了愤怒的成分，可他还有那种不愿违反自己的意志被我拘禁的神态。他像先前一样重新望着朦胧的天色，好像支持他到现在为止的东西，除了说不清道不明的焦虑以外，什么都没有了。“哦，是的，”他还是回答了我的问题，“他们一定说给他们喜欢的人听过。”他补充着。

这比我预期的答案似乎要平淡得多。“这些话就传开了，传到老师们的耳朵里了吗？”

“嗯，是的。”他很简单地回答，“我没有料到他们会再往外传。”

“那些老师？他们没有！他们从来没有说过，所以我现在要问你自己。”

他又把那发着高烧的美丽的小脸转过来面对着我。“是的，因为太坏了。”

“太坏了？”

“就是我有时候说的那些话，坏到他们没法写信告诉家里。”

我描写不出这番话和说这番话的人是多么的不同，唯其如此，才令人异常地同情他。我只记得过了一会儿，听见自己高声地说：“胡说八道。”又过了一会儿，我的语气听上去或许更加严厉了。“究竟是些什么话呢？”

我的严厉其实完全是对制裁他和迫害他的人而发的，但是又使他背过身去面对着那扇窗。他这个动作使我情不自禁地大叫一声，一跃上前向他身上扑去。因为那张地狱般的苍白的脸重新出现在窗外了。那个陷害我们的恐怖的人，仿佛企图打断他的忏悔、阻止他的回答似的，把脸重新凑近了那扇窗。我感到眼前一阵眩晕。我的胜利登时成了空，我要重上战场了。可是我这奋不顾身的一扑反倒泄露了我的秘密。我意识到迈尔斯从我这个动作当中看出了什么，而我现在才看出那也不过是他的猜测而已。他的眼睛现在仍看不到那扇窗外的东西。我决定一不做二不休地把他痛苦的巅峰变成他已经得到解放的佐证：“够了！够了！够了！”我向来者声嘶力竭地喊着，同时把迈尔斯紧紧地搂在怀里。

“她在这里吗”？迈尔斯呼呼地喘着气，用他一无所见的眼睛向我说话的那个方向望去。他那奇怪的“她”字却令我大吃一惊，于是我重复着他的话。“杰塞尔小姐，杰塞尔小姐！”他突然狂怒地对着我喊起来。

我一时目瞪口呆。他的这个猜测是因我们处理芙洛拉那件事时的做法而起，这使我想向他指出，现在这情形要比之前那次好一点。“不是杰塞尔小姐，可是它在窗户上，就在我们面前。那懦弱的怪物，这是最后一次了。”

他一听这话，脑袋立即做了一个动作，好像一头丧家犬嗅到了某种味道一样。然后他又绝望地摇了摇头，似乎因为感觉喘不过气来和莫名其妙而向我发着狂怒，同时困惑地注视着那个地方，但毫无收获。尽管我感觉到那个恶鬼散发出来的毒气已经布满室内，他仍旧一无所见。“是他？”

我下最大的决心准备做最后一次考验，便不顾一切地引着他说：“你说的那个‘他’是谁？”

“彼得·昆特，你这个魔鬼！”他向房间四周看着，小脸痉挛起来。“他在哪里？”他的声音充满了哀切，他终于吐出了这个名字。这声音中充满了对我忠心于他的感激，一直到现在它还在我耳边回响。

“他算什么，我的孩子，他根本不算什么。”我向那个禽兽不如的东西发起了攻击，“他已经失去了你。”然后为了证实我这句话，我对他说：“他就在那里，就在那里。”

迈尔斯已经全身抽搐成一团，瞪大眼睛重新盯着那个地方。可是他所看见的只有那静静的天色。他的这一失败于我而言值得自豪，却使他惨叫一声，如同一头动物跌下万丈深崖时发出的号叫。我抱住了他，就像把他从半空接住了一样。我接住了他，把他紧紧地抱在怀里——我情绪的激动可想而知——可是一分钟后，我开始意识到自己抱着的是什么东西了。我们单独在一起，伴着那静静的天色。他小小的心遭到了霸占，已经停止了跳动。

后　记

◎李和庆

经过四年多的努力，这套“亨利·詹姆斯小说系列”终于付梓，与读者朋友们见面了。借此后记，一是想感谢读者朋友的厚爱，二是希望读者朋友了解和理解译事的艰辛。

二〇一五年初，我向九久读书人交付拙译《美妙的新世界》稿件后，跟著名翻译家、上海海事大学教授吴建国先生和九久读书人副总编邱小群女士喝下午茶时，邱女士说九久读书人有意组织翻译亨利·詹姆斯的作品，问我有没有兴趣和勇气做这件事。说心里话，我当时眼睛一亮，一方面是因为长期以来她给予我的信任着实让我感动，另一方面是为自己能得到一次攀译事高峰的机会感到高兴，但同时，我心里也有些忐忑。众所周知，詹姆斯的作品难译，自己是否有足够的能力去承担如此重任？我虽然此前曾囫囵吞枣地看过詹姆斯的《一位女士的画像》和《黛西·米勒》，但对他和他的作品一直缺少深入的了解和认识。回家后，我便利用现代化的网络拼命补课，结果发现，国内乃至整个华人世界对亨利·詹姆斯作品的译介让人大失所望，中文读者几乎没有机会去全面领略詹姆斯在小说创作领域的艺术成就。三个月后，在吴教授和邱女士的“怂恿”下，我横下心来决定要去啃一啃外国文学界和翻译界公认的“硬骨头”。

无可否认，亨利·詹姆斯是十九世纪末至二十世纪初美国继霍桑、梅尔维尔之后最伟大的小说家，也是美国乃至世界文学史上举足轻重的艺术大师，被誉为西方心理现代主义小说的先驱，“在小说史上的地位，便如同莎士比亚在诗歌史上的地位一般独一无二”（格雷厄姆·格林语）。詹姆斯是一位多产作家，一生共创作长篇小说二十二部、中短篇小说一百一十二篇、剧本十二部。此外，他还写了近十部游记、文学评论和传记等非文学创作类作品。面对这样一位艺术成就如此之高、作品如此庞杂而又内涵丰富的作家，要想完整呈现他的艺术成就，无疑是一项浩大而又艰巨的系统工程。要将这样一位作家呈献给中文读者，选题便成了相当棘手的问题。此后近一年的时间里，经过与吴教授和邱女士反复讨论，后经九久读书人和人民文学出版社领导审批立项，选题最终由我们最初准备推出的亨利·詹姆斯小说作品全集，逐渐浓缩为亨利·詹姆斯小说作品精选集。

说到确定选题的艰难历程，有必要先梳理一下詹姆斯小说作品在我国的译介情况。国内（包括港台地区）对詹姆斯的译介始于二十世纪八十年代，现今我们看到的詹姆斯作品的译本以中篇小说居多，其中包括《黛西·米勒》（赵萝蕤，1981；聂振雄，1983；张霞，1998；高兴、邹海仑，1999；张启渊，2000；贺爱军、杜明业，2010）、《螺丝在拧紧》（袁德成，2001；高兴、邹海仑，2004；刘勃、彭萍，2004；黄昱宁，2014；戴光年，2014）、《阿斯彭文稿》（主万，1983）、《德莫福夫人》（聂华苓，1980）、《地毯上的图案》（巫宁坤，1985）和《丛林猛兽》（赵萝蕤，1981）；长篇小说有《华盛顿广场》（侯维瑞，1982）、《一位女士的画像》（项星耀，1984；唐楷，1991；洪增流、尚晓进，1996；吴可，2001）、《使节》（袁德成、敖凡、曾令富，1998）、《金钵记》（姚小虹，2014）、《波士顿人》（代显梅，2016）和《鸽翼》（萧绪津，2018）。此外，新华出版社于一九八三年出版过一部《亨利·詹姆斯小说选》（陈健译），其中包括《国际风波》《黛西·米勒》和《阿斯帕恩的信》①三个中篇小说；湖南文艺出版社于一九九八年出版过一部《詹姆斯短篇小说选》（戴茵、杨红波译），其中包括《四次会面》《黛西·米拉》②《学生》《格瑞维尔·芬》《真品》《螺丝一拧》③和《丛林怪兽》七个中短篇小说④。纵观上述译本，我们发现，国内翻译界对詹姆斯中长篇小说的译介基本是零散的，缺少系统性，短篇作品则大多无人问津。

鉴于此，选题组在反复研究詹姆斯国内译介作品的基础上，决定首先精选詹姆斯各个时期的代表性作品，最终确定了首批詹姆斯译介的精选书目，共涵盖了六部长篇小说：《美国人》（1877）、《华盛顿广场》（1880）、《一位女士的画像》（1881）、《鸽翼》（1902）、《专使》（1903）和《金钵记》（1904），四部中篇小说：《黛西·米勒》（1878）、《伦敦围城》（1883）、《螺丝在拧紧》（1898）和《在笼中》（1898），以及各个时期的短篇小说十八篇。读者朋友从选题书目上可以看出，此次选题虽然覆盖了詹姆

① 即《阿斯彭文稿》（*The Aspern Papers*）。
② 一般译为《黛西·米勒》。
③ 一般译为《螺丝在拧紧》。
④ 此译本虽然命名为“短篇小说选”，但学界一般认为《黛西·米勒》《螺丝在拧紧》均为中篇。

斯各个时期的作品，但主要还是将目光放在了詹姆斯创作前期和后期的作品上，尤其是他赖以入选一九九八年美国“现代文库”“二十世纪百部最佳英语小说”榜单、代表其最高艺术成就的三部长篇小说《鸽翼》《专使》和《金钵记》。詹姆斯的其他重要作品此次虽然没有收入，但我们相信，这套选集应该足以展示詹姆斯各创作时期的写作风格。此外，这套选集中的长篇小说《美国人》、中篇小说《在笼中》《伦敦围城》以及绝大多数短篇小说均属国内首译，以期弥补此前国内詹姆斯作品译介的空白，让中文读者能更好地认识这位与莎士比亚比肩的文学大师。

选题确定后，接下来的任务便是组建译者队伍。我们首先确定了组建译者队伍的基本原则：译者必须是语言功力深厚、贯通中西文化、治学严谨、勇于挑战的“攻坚派”。本着这样的原则，我们诚邀海峡两岸颇有影响的专家、学者，最后组建了现在的译者队伍，其中既有大名鼎鼎的职业翻译家，也有上海交通大学、华东理工大学、上海海事大学、上海电机学院等国内高校的专家、教授。他们不仅在日常的教学科研工作中治学严谨、成绩斐然，而且在翻译实践领域也是秉节持重、著作颇丰，在广大读者中都有自己忠实的拥趸。

说起亨利·詹姆斯，外国文学界和翻译界有一种不言自明的共识，那就是：詹姆斯的作品“难译”。究其原因，詹姆斯作品的艺术风格与酷爱乡土口语的马克·吐温截然不同。詹姆斯开创了心理分析小说的先河，是二十世纪小说意识流写作技巧的先驱。他的小说大多以普通人迷宫般的心理活动为主，语句冗长晦涩，用词歧义频生，比喻俯拾皆是，人物对话过分精雕，意思往往含混不清。正因如此，他在世时钟情于他的美国读者为数不多，他的作品一度饱受争议，直到第二次世界大战前美国出现“第二次文艺复兴”时，作为小说家和批评家的詹姆斯才受到充分的重视。

面对这样一位作家和他业已历经百年的作品，该如何向生活在一个世纪之后的现代读者再现詹姆斯的艺术成就，便成了译者共同面对的问题。翻译任务派发后，各位译者先是阅读和研究原著，之后又通过各种方式和渠道，多次探讨译著该如何再现原著风格的问题。虽然译者年龄不同，阅历不同，研究方向不同，学术造诣不同，对原著文本的把握也有差异，但大家最后取得的共识是：恪守原著风格的原则不能变。我曾在一次读者见面会上见到出版界的老前辈章祖德先生，并就翻译詹姆斯作品的种种困难以及如何克服等问题虚心向章老请教。章老表示，虽然詹姆斯的作品晦涩难懂、歧义频现，现代读者可能很难静下心来去阅读，但翻译的任务就是要再现原作的风采，不然，詹姆斯就成了通俗小说家欧文·华莱士和丹·布朗了。在翻译詹姆斯作品的过程中，章老的教诲我时刻铭记在心，丝毫不敢苟且。

说起做翻译，胡适先生曾说过：“译书第一要对原作者负责，求不失原意；第二要对读者负责，求他们能懂；第三要对自己负责，求不致自欺欺人。”胡适先生的观点，也是此次参与詹姆斯小说作品译介项目的译者们的共识。

翻译詹姆斯的作品，能做到胡适先生提出的前两重责任已经是非常困难的了。胡适先生提出的“求不失原意”，其实就是严复的“信”和鲁迅先生的“忠实”。对译者来说，恪守这一点是译者理应秉持的态度，但问题是译者应该如何克服与作者间存在的巨大时空差距，做到“对原作者负责”。詹姆斯的作品大都语句烦琐冗长，用词模棱两可，语义晦暗不明，译者要想厘清“原意”，需挖空心思、绞尽脑汁、字斟句酌、反复推敲。在很多时候，为了准确理解一句话，译者需要前后反复映衬，甚至通篇关照。为了“不失原意”，译者必须走进作品，进入角色的内心世界，既做“导演”又做“演员”，根据作品的文本语境和时空语境，去深入体味作品中每个人物角色的心理活动，根据角色的性别、性格、年龄、身份、地位和受教育水平，去梳理作家通过这些角色意欲向读者传达的意图和意义。

胡适先生提出的“对读者负责”，其实就是严复的“达”和鲁迅先生的“通顺”的要求，用当代学术语言说，就是译文的接受性问题。詹姆斯的作品创作于十九世纪七十年代到二十世纪初，其小说当然是以那个时代欧美社会的物质生活和精神生活为背景的，小说的语言风格也是维多利亚时代的文风。一百多年过去了，在物质生活已经极其丰富、生活方式已经发生质变、意识形态和伦理道德均已大异其趣的今天去翻译他的作品，该如何吸引生活在当今数字化、信息化时代的读者去读詹姆斯的作品，而且让读者“能懂”作者的意图，是译者面临的巨大挑战。对此，译者们的态度是，在“不失原意”、恪守原作风格的前提下，在文本处理上，适当关照当代读者的阅读感受。比如，詹姆斯的作品中往往大量使用人称代词和替代，在很多情况下，为了厘清原著中的指代关系，读者往往需要返回上文，但更多的则是要到下文中很远的地方去寻找，这种“上蹿下跳”式的阅读方式无疑会严重影响读者的阅读体验。为此，在翻译过程中，译者根据上下文所指，采取明晰化补充的处理方式，目的就是照顾中文读者的阅读感受，省却“上蹿下跳”的阅读努力。本质上说，这种处理方式也是恪守译文必须“达”和“通顺”的要求，而“达即所以为信”。

就翻译而言，译者如能恪守前两重责任，似乎已经足够了，可胡适先生为什么还要提出第三重责任呢？这一点胡适先生没有详述，但对一个久事翻译的人来说，无论是从事文学翻译，还是非文学翻译，都必须具有高度的职业责任感和历史使命感，对译事必须“不忘初心”，始终如一地怀有敬畏之心。换句话说，在翻译过程中，译者自始至终都要用心、动情，不可苟且。只有“用心”，译者拿出来的译文才能经得起时间的考验。“用心”是译者“对原作者负责”和“对读者负责”的前提，也是当下物欲蔽心、人事浮躁的大环境下，对一个优秀译者的基本要求，也是最根本的要求。

培根说过，“书有可浅尝者，有可吞食者，少数则须咀嚼消化”。詹姆斯的作品概属“须咀嚼”方能“消化”的，对译者而言如此，对读者朋友来说何尝不是这样呢？培根还说，“读书足以怡情，足以博彩，足以长才”（王佐良译）。“怡情”也好，“博彩”“长才”也罢，相信读者朋友读詹姆斯的作品自会各有心得。

在结束这篇后记之前，我要借此机会感谢以各种方式为这套选集翻译出版做出重大贡献的同志们。首先，感谢九久读书人和人民文学出版社的领导，是他们慧眼识金，使得这套选集能呈现在读者朋友面前。其次，感谢吴建国教授和邱小群副总编，是他们取之不尽、用之不竭的智慧，使得这套译著有望成为真正意义上的“精选”。再次，感谢这套译著的所有编辑和译审，对他们一丝不苟、“吹毛求疵”的敬业精神和“为人做嫁衣”的无私奉献，我表示由衷的感谢。此外，还要感谢所有译者几年来夜以继日、不避艰难的笔耕，以及他们的家人所给予的莫大支持。最后，要衷心感谢作为读者的您，如蒙不辞辛劳、不避讳言地批评指正，译者会备感荣幸。

2020 年 6 月于滴水湖畔